Nachhaltigkeit liegt uns am Herzen.

Hergestellt in Deutschland
CO_2-Ersparnis durch kurze Lieferwege
Gedruckt auf FSC®-zertifiziertem Papier
Lösungsmittelfreier Klebstoff
Drucklack auf Wasserbasis

Natürlich

magellan

Kristina Magdalena Henn
Ende Juli, Anfang August

Kristina Magdalena Henn

Ende Juli, Anfang August

magellan

ALLES VERSCHWINDET

ALLES VERSCHWINDE

ALLES VERSCHWIN

ALLES VERSCHWI

ALLES VERSCHW

ALLES VERSCH

ALLES VERSC

ALLES VERS

ALLES VER

ALLES VE

ALLES V

ALLES

ALLE

ALL

AL

A

(Juli Sommer)

Juli heißt Juli, obwohl sie im März geboren wurde. Und August heißt August, weil er im August gefunden wurde. Zumindest hat Juli ihn damals so getauft. Niemand wusste, wer er ist. Nicht einmal er selbst. Wie eine verlorene Mütze, von der man vergessen hat, dass man sie jemals besaß.

Und so fing alles an.

1. Treibgut

Juli rannte. Und rannte. Es war fast noch Nacht. Nebelschwaden lagen über dem Meer und kündigten einen heißen Sommertag an. Das Wasser schwappte um Julis nackte Füße. Spitze Muschelkanten bohrten sich in ihre Haut, doch sie spürte den Schmerz nicht, während sie den Strand entlanglief. Vielmehr spürte sie Wut, die in ihr überschäumte wie auf dem Herd vergessene Milch. Die ganze Welt konnte sie mal gernhaben, ja, das ganze Universum! Sie hatte es satt, sich von ihren Helikoptereltern herumkommandieren zu lassen. Hans und Helene nahmen sie einfach nicht ernst und der gestrige Streit war der beste Beweis dafür gewesen. Wieder einmal hatten sie ihre Tochter vor vollendete Tatsachen gestellt: Sie wollten Mira endgültig für tot erklären lassen. Doch das würde Juli niemals zulassen. Das hatte sie Mira hoch und heilig versprochen, bei den Göttern der Ober- und Unterwelt, bei Allah und bei dem Typen am Kreuz, den sie obendrein für einen Versager hielt und an den sie schon lange nicht mehr glaubte. Sie würde ihre Schwester niemals aufgeben. Mira war die Einzige, die sie verstand. Die sie fühlte. Auch wenn sie bereits seit drei Jahren verschwunden war.

Lieber stürze ich mich in die Wellen, dachte Juli trotzig, und als hätten sie ihre Gedanken erraten, hörte sie über sich das Geschrei zweier Lachmöwen. Juli blickte nach oben und folgte dem Flug der Möwen, die frei im Wind über das Meer hinwegsegelten. Wie gerne hätte sie diese schwebende Leichtigkeit gegen ihre eigene Schwere eingetauscht! Stattdessen kämpfte sie sich weiter durch den feuchten Sand, der klumpig war und an ihren Waden hängen blieb wie Zement. Juli war zwar etwas dünn geraten, aber sie hatte einen starken Willen. »Zart und zäh«, hatte Helene immer gesagt, wenn Juli als Kind einen Aufstand an der Supermarktkasse gemacht hatte. Auch wenn die Leute in der Schlange ihre Mutter schon befremdet angeschaut hatten, Juli hatte so lange weitergemacht, bis Helene vor Scham einen hummerroten Kopf bekommen hatte und Juli endlich das, was sie wollte: ein Tütchen Pokémon-Aufkleber für ihr Sammelalbum, wo nur noch Groudon fehlte.

Juli keuchte, obwohl sie gerade mal zwei Kilometer zurückgelegt hatte, was eigentlich keine Distanz für sie war. Früher war sie mit ihrem Vater oft stundenlang am Strand marschiert, denn Hans war ein leidenschaftlicher Treibgutsammler. Mit vollbepacktem Rucksack jedoch fühlte sich die Strecke gleich ganz anders an. Ihr Tagebuch wog bestimmt drei Kilo, und sie ärgerte sich, dass sie ihre Decke und ihr Kopfkissen noch mit reingestopft hatte.

Juli versuchte, den gestrigen Abend aus ihrem Gedächtnis zu streichen, doch je mehr sie den Streit mit ihren Eltern vergessen wollte, desto weniger gelang es ihr. Vergessen war noch nie ihre Stärke gewesen, ganz im Gegenteil: Juli vergaß nie etwas. Manchmal kam sie sich vor wie eines dieser Superhirnkinder, die in einer Fernsehshow auftraten, um endlose auswendig gelernte Zahlenreihen oder Spielkarten-Abfolgen aufzusagen. Ihre Eltern waren da anders, sie mieden die Erinnerung wie die Motten das Licht. Spätestens als Juli ihrem Vater vor drei Monaten vorgeworfen hatte, dass er einfach, ohne sie zu fragen, ihr Etagenbett am achten September um dreizehn Uhr neunundzwanzig aus ihrem Zimmer abgebaut hatte, um es, nach ihrem vehementen Protest, um sechzehn Uhr elf als Kompromiss im Keller wiederaufzubauen, vermutete ihr Vater ein hyperthymestisches Syndrom bei ihr. Das ist eine Krankheit, die Menschen nichts vergessen lässt. Die Sache mit dem Etagenbett lag nämlich bereits zwei Jahre zurück. Hans hatte seine Tochter einigen psychologischen Tests unterzogen, doch weder war Juli krank noch hochbegabt. Sie hatte einfach nur ein sehr gutes Gedächtnis. So als hätte sie im Kopf eine Videokamera installiert, die alles exakt aufzeichnete: Tag, Ort und Wetter, welche Kleidung sie getragen und mit wem sie geredet hatte. Wobei Letzteres nicht wirklich schwer war, da Juli nicht viele Freunde hatte. Außer Milchreis, dem wuscheligen Mischlingsrüden, den ihre Eltern ihr gekauft hatten, damit sie »jemanden zum Reden hat«. Juli hatte ihn nach ihrer Lieblingsspeise getauft, denn Milchreis war Julis Trostessen. Das aß sie immer, wenn es draußen regnete. Oder drinnen. Und danach ging es ihr immer besser.

Ihre Stirn glänzte, Schweißtropfen liefen in ihre Augen, doch Juli rannte einfach weiter. Ohne Pause. Die Worte ihres Vaters drangen durch ihren Kopf, der vor Anstrengung pochte. Die Worte, die Juli veranlasst hatten, gleich in der Früh die Flucht zu ergreifen.

»Wir haben gedacht, dass es für uns alle das Beste wäre, wenn wir Mira beerdigen. Wir haben auch schon eine Grabstelle und einen Grabstein ausgesucht«, hatte Hans in seiner Psychotherapeutenstimme gesagt, die immer eine Oktave tiefer klang, sobald es ernst wurde. Er hatte einen großen Schluck aus seinem Weißweinglas genommen und dabei auf das Scrabble-Brett gestarrt, das vor ihnen ausgebreitet und der vorgetäuschte Anlass der Familienzusammenkunft war.

»Schau es dir doch wenigstens mal an«, hatte Helene hinzugefügt und auf den Grabsteinkatalog gezeigt, den sie zwar wie von Zauberhand, aber ohne Zauberei, sondern voller Kalkül hervorgeholt hatte. In geschwungenen Buchstaben stand darauf: »Grabsteine Fröhlich – Wir bieten fünfhundertdreiundzwanzig Einzelgrabsteine aus Meisterhand, kunstvoll gefertigt, von modern bis klassisch, mit oder ohne Einfassung, in Granit, Marmor, Sandstein oder Kalkstein. Alles handgefertigt!«

Juli hatte einen Schreikrampf unterdrückt und auf den Katalog gestiert, aus dem drei gelbe Post-its ragten, Helenes und Hans' Favoriten.

»Uns gefällt der hier am besten«, hatte Helene leise hinzugefügt und eine Seite des Katalogs aufgeschlagen, auf der ein Grabstein aus Elbsandstein mit einer Sternenguckerin drauf zu sehen war. »Was meinst du, sieht doch schön aus, oder?«

»Das ist jetzt nicht euer Ernst«, hatte Juli gestammelt und dabei die Scrabble-Steine hin- und hergeschoben, mit denen sie das Wort KLOSS legen wollte. Passend zu dem Kloß, der sich unmittelbar in ihrem Hals gebildet hatte. Sie hatte genau gewusst, wie das jetzt ablaufen würde: Helene und Hans hätten sie vermeintlich in die Entscheidung integriert, sich dabei aber schon längst auf die Beerdigung geeinigt. Das war Psychologie. Darin kannten sich ihre Eltern bestens aus. Schließlich arbeiteten sie beide als Psychotherapeuten in ihrer hauseigenen Praxis. Und wenn die Familie demokratisch abstimmte, waren es immer zwei gegen einen – oder besser eine. Denn immer war es Juli, die übrig blieb. Egal, was sie erwiderte, sie hatte keine Chance. Ihre Eltern waren wie Pech und Schwefel, immer einer Meinung, und wenn Juli ihrer Mutter etwas anvertraute, wusste sie, dass sie es spätestens am Abend ihrem Vater erzählen würde. Daher hatte Juli eines Tages beschlossen, sich keinem ihrer Elternteile mehr anzuvertrauen. Nur Mira teilte sie sich in ihrem Tagebuch mit. Und manchmal auch noch Milchreis. Aber ein Hund war eben kein Mensch. Und ein Tagebuch auch nicht.

Erwartungsvoll hatten ihre Eltern sie nach dem vermeintlichen Vorschlag angesehen, doch Juli hatte geschwiegen wie ein totes Meerschweinchen (schweigen konnte sie besser als schwimmen – und das konnte sie schon ziemlich gut). Während ihre Eltern synchron auf sie eingeredet hatten, hatte Juli gedanklich schon ihren Rucksack gepackt, den sie jetzt bei sich trug.

»Überleg es dir doch wenigstens mal. Wir meinen es doch nur gut mit dir«, hatte ihre Mutter ihren Monolog beendet und sie dabei angeschaut, als würde sie mit der Muttergottes unter einer Decke stecken. In Juli hatte sich ein Sturm zusammengebraut, denn das war der Killersatz, der jede weitere Diskussion mit ihren Eltern zunichtemachte. Was hätte sie auch darauf antworten sollen? *Ja, das ist lieb von euch, dass ihr mich bei jeder größeren Entscheidung übergeht. Super. Danke. Ihr seid die Besten.*

»Wie wollt ihr wissen, was das Beste für mich ist, wenn ihr mir gar nicht zuhört? ICH werde Mira niemals beerdigen. Sie ist nicht tot, wie könnt ihr so was nur denken!« Juli hatte sich selbst über die Lautstärke und die Vehemenz in ihrer Stimme gewundert und gleichzeitig die Scrabble-Buchstaben vom alten gebeizten Holztisch gefegt. Das C war in hohem Bogen im Weinglas ihres Vaters gelandet.

Wenn Einsamkeit eine Farbe hätte, dann wäre sie Schwarz. Schwarz wie das Loch, das Juli in ihrer Mitte spürte, seit Mira fort war. Atemlos blieb sie stehen, schaute auf das Meer, von dem eine magnetische Anziehung ausging. Obwohl Hochsaison war, waren zu dieser frühen Stunde kaum Touristen an dem weitläufigen Sandstrand unterwegs. Nur wenige Angestellte waren in der Ferne zu sehen, die Strandkörbe herrichteten, ein paar Möwen, die sich um einen toten Fisch stritten, und die unendliche Weite der Nordsee. Juli keuchte. Die Gurte des Rucksacks hinterließen bereits erste Striemen auf ihrer hellen Haut. Sie hatte kein Ziel gehabt, als sie in der Früh losgelaufen war, und kurz spielte sie mit der Möglichkeit, wie es wäre, hinaus ins Meer zu laufen, zu Mira, sich treiben zu lassen, unterzugehen, um nie wieder aufzutauchen. Einfach alles hinter sich lassen. Endlich wiedervereint mit ihrer Zwillingsschwester. Juli versuchte, den Gedanken zu stoppen, aber es gelang ihr nicht. Stattdessen lief sie wie ferngesteuert ins Wasser, setzte einen Fuß vor den anderen, bis sie knietief mit ihrem Rucksack im Meer stand, angezogen von etwas Größerem, etwas, das außerhalb ihres Willens lag.

»Juli, komm zu mir!«, hörte sie die Stimme ihrer Schwester. Hörte sich so der Ruf der Sirenen an? Juli erinnerte sich an eine Zeichnung in ihrem Geschichtsbuch, auf der Odysseus an den Mast seines eigenen Schiffes gefesselt war, um dem betörenden Gesang dieser Fabelwesen zu trotzen, die ihn töten würden. Würde auch Juli es schaffen, an ihrer inneren Stimme vorbeizusegeln? Dem tiefen Wunsch zu widerstreben, Mira wieder nah zu sein? Würde sie je wieder diese Nähe spüren, die nur ein anderer Zwilling nachvollziehen konnte?

Etwas Dunkles, das auf der Meeresoberfläche trieb, riss Juli aus ihrer Gedankenwelt. War das ein Holzklotz, ein Plastikkanister oder ein verlorener Turnschuh, der da in den schäumenden Wellen auf und ab schwappte? Juli kniff die Augen zusammen und schirmte die Sonne mit ihrer Hand ab. Es sah aus wie ein Fischernetz, das sich an einem lose dahintreibenden Stück Holz verheddert hatte. Aber irgendwas darin bewegte sich. Vielleicht hatte sich ein kleiner Seehund im Fischernetz verfangen? Seehunde gab es zu dieser Jahreszeit auf Sylt viele, sie bekamen ihren Nachwuchs im Juni und Juli.

Das Wasser ging Juli mittlerweile bis zum Bauchnabel und die nahende Flut erschwerte ihr den Zugang zu dem unbekannten Wasserobjekt. Juli strich sich die Haare aus dem Gesicht, um besser sehen zu können. Je näher sie kam, desto bleicher wurde sie. Das war kein Seehundbaby, das sich da im Netz verfangen hatte! Das war ein Mensch! Juli erstarrte. Einundzwanzig, zweiundzwanzig, dreiundzwanzig. Panik flutete ihren Körper und ihr Herz hämmerte wild gegen ihre Brust. Gestochen scharf sah sie alles plötzlich wieder vor sich: Miras rot gepunkteter Schlafanzug. Der Vogel mit dem gelben Schnabel. Das Verschwinden. Alles in Juli brannte. Wollte die See ihr das zurückgeben, was sie ihr vor drei Jahren genommen hatte? Das konnte nicht sein, das musste ein Traum sein. Einer der Albträume, in denen Juli immer wieder wach wurde, obwohl sie im Tiefschlaf war. »Mira!«, schrie sie ohne Ton, und in dem Moment rauschte eine große Welle auf sie zu und verschlang sie. Die Kälte des Wassers riss Juli aus der Schockstarre, denn die Nässe, die sie jetzt bis zur Unterhose spürte, war blanke Realität. Ohne zu zögern, sprang sie durch die tosenden Wellen, paddelte zu dem Holzstück, das weiter abzutreiben schien.

»Ich bin gleich bei dir! Lebst du noch?«, ächzte Juli und stellte simultan fest, wie bescheuert die Frage war. War das wirklich Mira, die sich da im Netz verfangen hatte? Der Unfall lag drei Jahre zurück, wie konnte das möglich sein? Juli streckte die Hand nach dem glatten Holz aus. Schlack und Algen verbargen den Körper wie einen Schatz. Sie suchte selbst nach Halt, da der Inhalt ihres Rucksacks sie mächtig nach unten zog. Die Bettdecke, das Kissen und ihr Tagebuch waren mittlerweile so durchdrungen von Wasser, dass sie das dreifache Gewicht auf ihren Rücken ausübten. Juli musste sich von der Schwere befreien, sonst würde sie mit ihrem Bettzeug untergehen. Sie strampelte wie wild, um sich an der Oberfläche zu halten, und schaffte es mit einer Hand, den linken Gurt zu lösen. Nicht aber den rechten. Sie hatte schon einige Salzwassercocktails geschluckt, als sie eine große Welle überrollte und nach unten drückte. Einmal unter Wasser, zog es sie in die Tiefe. Tiefer, immer tiefer. Das Meer war so viel kraftvoller als sie! Hier kämpfte David gegen Goliath. Unter Wasser startete sie einen zweiten Versuch, sie durfte jetzt nicht die Nerven verlieren. Sie griff nach dem rechten Gurt, weitete den Riemen und streifte ihn von sich. Sogleich sank ihr Rucksack hinab in das dunkle Blau des Meeres.

Nach Luft schnappend tauchte Juli auf, um erneut nach dem Holzstück zu greifen. Dreimal rutschten ihre Hände auf dem feuchten Brett ab, bis sie mit dem Schwung einer Welle endlich die Planke zu fassen bekam. Noch immer lag der leblose Körper darauf.

»Ich hab dich«, keuchte Juli und schob sich mit ihrer nassen Kleidung über das Holz. Splitter verfingen sich in ihren Händen, doch jetzt war keine Zeit für Selbstmitleid. Sie hing mit ihrem Oberkörper über der Holzplanke, um mit der Kraft ihrer Beine ans Ufer zurückzupaddeln. »Wir haben's gleich geschafft«, japste sie, durch und durch mit Salzwasser getränkt, als plötzlich das Tagebuch neben ihr im Wasser auftauchte. Die Flut hatte es aus dem

Rucksack herausgespült. Ihre heilige Schrift! Daran hatte sie gar nicht mehr gedacht.

»Scheiße«, fluchte sie laut und hievte es mit auf das Floß. Sie schwamm um ihr Leben, und erleichtert atmete sie auf, als sie den feinen Sand unter ihren Füßen spürte. Nie hätte sie gedacht, dass ein spitzer Stein unter ihrer Fußsohle sie so glücklich machen konnte. Sie sprang von dem Holz, schob es mit der nächsten Welle ans Ufer. Die Flut war längst in vollem Gange. Eine halbe Stunde später und sie hätte keine Chance mehr gegen das stürmische Meer gehabt. Juli tastete ihre Jeans nach ihrem Handy ab. Wasser schwappte auf und in dem Display, das kein Lebenszeichen mehr von sich gab. Verflucht! Suchend blickte sie um sich, doch weit und breit war kein Mensch zu sehen. Sie waren in einem abgelegenen Naturschutzgebiet gestrandet, das Juli kannte. Sie war oft mit Mira hier gewesen, um anatomische Erkundungen durchzuführen. Sonst wimmelte es hier vor nackten Sonnenanbetern, aber ausgerechnet heute waren ein paar Krebse die einzigen Gäste. Juli kniete sich in den Sand und wickelte den von Meerespflanzen umschlungenen Körper vorsichtig aus dem Fischernetz. Enttäuschung breitete sich in ihr aus und mit jedem weiteren Handgriff schwand ihre erste Vermutung. Es war nicht Mira. Es war ein Junge, vielleicht etwas älter als sie. Die Hoffnung hatte ihr einen ganz schönen Streich gespielt.

»Kannst du mich hören?« Juli berührte den Jungen am Oberarm, aber er bewegte sich nicht. War er tot? Tote sahen doch immer so friedlich aus, schoss es Juli durch den Kopf, und sie erinnerte sich an das Gesicht ihres Großvaters, der vor fünf Jahren aufgebahrt in der Kirche gelegen hatte. Ohne eine einzige Falte und mit einem entspannten Gesichtsausdruck, den er zu Lebzeiten nie gehabt hatte. In der Miene des Jungen hingegen lagen Kampf und Zorn. Zum Glück hatte Juli so oft mit ihrem Vater und seinem jüngeren Bruder Max Erste Hilfe geübt. Zweimal im Jahr kam Max seit Miras Verschwinden zu ihnen nach Hause, samt Plastikpuppe und Defibrillator, um im Garten der Sommers den Erste-Hilfe-Kurs aufzufrischen. Anfangs hatte Juli sich geweigert mitzumachen, mit dem Argument, dass Mira davon auch nicht wiederauftauchen würde. Jetzt war sie froh, dass ihr Vater sie zu der Maßnahme gezwungen hatte.

»Hallo?«, versuchte es Juli erneut und rüttelte den Fremden etwas fester. Wieder keine Reaktion. Im Kopf ging sie den Erste-Hilfe-Ablauf durch: erst auf den Rücken legen, dann den Oberkörper freimachen, als Nächstes in der Mitte der Brust den Handballen platzieren, die zweite Hand darauf, den Schwerpunkt auf den Druckpunkt legen. Und dann? Da gab es doch dieses Lied, um den richtigen Rhythmus der Herzdruckmassage zu finden? Bei jedem Kurs hatte Juli sich über die alberne Melodie gewundert und jetzt wollte sie ihr einfach nicht einfallen. War es *Stayin' Alive* gewesen oder *Highway to Hell*? Sie kaute auf ihrer Unterlippe herum, fing leise an, die *Stayin' Alive*-Melodie zu summen, und presste dazu ein paarmal den Oberkörper des Jungen nach unten. Er war schmächtig, und sie hatte Angst, ihm die Rippen zu brechen. »Jetzt atme doch endlich, komm schon, atme«, flehte sie den leblosen Jungen an. Doch nichts geschah. Nach einer weiteren Strophe und den rhythmischen Druckbewegungen streckte sie seinen Hals zurück, klemmte mit Daumen und Zeigefinger seine Nase zu, um mit der anderen Hand seinen Mund aufzuschieben – und zögerte. Noch nie zuvor hatte sie einen Jungen geküsst. Sie wollte Mira nicht betrügen. Dass ein Mensch ihr näher kommen würde als ihre

Schwester, war für sie tabu. Aber jetzt ging es wirklich um Leben und Tod. Juli schloss die Augen und nahm einen tiefen Atemzug. Sie beugte sich zu dem Jungen runter, sodass ihre Lippen seine berührten. Oberhalb seiner Lippen wuchs ein zarter Flaum. Er schmeckte nach Salz und Seetang. Obwohl Juli am ganzen Körper zitterte, schaffte sie es, die Luft gleichmäßig in seinen Mund zu blasen. Bestimmt zehn Mal wiederholte Juli den Vorgang, bis sie plötzlich einen Atemhauch wahrnahm. Oder hatte sie sich das nur eingebildet? Sie setzte gerade zu einem weiteren Beatmungsversuch an, als der Junge plötzlich hustete. Noch nie war Juli so glücklich über eine Salzwasserdusche in ihrem Gesicht gewesen! Röchelnd krümmte sich der Junge zusammen und schnappte nach Luft. Es dauerte ein paar Minuten, bis er sich von seinem Hustenanfall erholt hatte.

»Hallo!« Juli strahlte den Jungen an, der sich genau in dem Moment übergeben musste. So herzlich wurde sie noch nie begrüßt, dachte Juli, die das Gesicht des fremden Jungen interessiert musterte, amüsiert. Um seine Augen hatte sich eine dünne Salzkruste gebildet, die seine Wimpern verklebte, und er schaffte es nur mit Mühe, sie zu öffnen. Der ausdruckslose Blick des Jungen ließ Juli erschaudern und eine Mischung aus Mitgefühl und Angst durchströmte sie. Vielleicht hat jemand Mira auch so gefunden?, ratterte es durch Julis Kopf.

»Ich wusste, dass du lebst«, sagte sie schnell, um die Stille zu durchbrechen. »Wie heißt du denn?«

Bewegungslos lag der fremde Junge auf dem Rücken und schaute sie an, auch wenn er durch sie hindurchzuschauen schien. Seine Augen waren von einer seltsamen Leere erfüllt. Er war da, ohne wirklich da zu sein.

»Ich heiße Juli«, fuhr Juli fort, »wie der Monat.«

Doch anstatt einer Reaktion des dunkelhaarigen Jungen schwappte eine Welle über sie beide hinweg und erinnerte sie an die nahende Flut. Reflexartig griff Juli nach ihrem meergetränkten Tagebuch, das drauf und dran war, wieder davonzuschwimmen, und legte es behutsam außer Reichweite des Wassers. Die Welle hatte den Jungen zur Seite gestoßen, stöhnend versuchte er, sich wieder aufzurichten. Doch es gelang ihm nicht, sich im nassen Sand hochzustemmen. Er war zu schwach.

»Das Wasser kommt immer höher, am besten, ich helfe dir aufzustehen.« Juli packte ihn an den Oberarmen, zog ihn auf den trockenen Sand.

»Aaaahhh«, stöhnte der Junge. Juli ließ ihn los, keuchend rollte er auf die Seite. Er griff nach Julis Hand, hielt sie fest. Und für einen Moment wirkte er ziemlich wach. Seine Augen blitzten auf, ein unerwartetes Wetterleuchten. Es war, als würde er in sie hineinschen, tief bis in ihr beleidigtes Herz. Dann wurde er wieder ohnmächtig. Seine Hand lag schlaff in Julis Hand.

»Hallo … HALLO?«, rief Juli. Verzweifelt blickte sie sich um. Sie musste Hilfe holen! Dringend! Weil immer noch kein Jogger oder Spaziergänger in Sichtweite war, rannte sie los.

2. Ebbe und Flut

Liebe Mira, heute hat das Meer einen Jungen an Land gespült. Ich habe ihn August getauft. Er riecht nach Fisch und redet nicht viel, also eigentlich gar nix. Der hat splitternackt vor mir gelegen. Ich habe ihn sogar geküsst, stell dir vor, ich musste ihn von Mund zu Mund beatmen. Wahrscheinlich hast du sowieso alles beobachtet, so wie immer. Ich weiß, es klingt bescheuert, aber für einen kurzen Augenblick habe ich geglaubt, das bist du. Hast du was damit zu tun? Ist das schon wieder eines deiner Zeichen? So wie neulich, als mir die Zahnpasta runtergefallen ist und sich ein schiefes M auf den Fliesen gebildet hat? Dabei wollte ich eigentlich abhauen. Stell dir vor, Mama und Papa wollen dich beerdigen, pah! Sie glauben nicht mehr daran, dass du lebst. Aber die haben auch keine Ahnung von nichts und erst recht nicht von unserer Verbindung. Die sehen alles nur durch ihre randlose Psychotherapeutenbrille. Wahrscheinlich hat Mama wieder ein neues Buch gelesen, »Loslassen für Anfänger« oder so. Weißt du noch, wie wir damals Schnitzel gespielt haben, aus dem Meer in den Sand gerannt sind, wie wir uns gegenseitig paniert haben, um uns dann neben die Strandkörbe der Touristen zu legen und Zombie zu spielen? Mannomann, haben die sich erschreckt. Du kannst dich darauf verlassen, dass ich dich niemals verlassen werde. Niemand kommt zwischen uns. Kein Grabstein, kein Hund, kein Junge. Die Erwachsenen sagen immer, dass die Zeit alle Wunden heilt, aber das Gegenteil ist der Fall. Die Wunde schließt einfach nicht, jede Erinnerung kratzt sie wieder auf. Mit jedem Tag, der vergeht, vermisse ich dich mehr.

Julis Tagebuch lag zum Trocknen ausgebreitet neben ihr auf dem Sitz. Aus dem Buch ragten Klopapierfetzen, die sie sorgfältig zwischen die Seiten gelegt hatte. Sobald sich die Feuchtigkeit aus den Seiten verzogen hatte, hielt Juli ihre Gedanken darin fest. Ihre sandigen Füße baumelten in der Luft und knallten abwechselnd gegen die Stuhlbeine des unbequemen Hartschalensitzes des Krankenhausflures. In ihrem weißen Flügelhemd, das sie von dem Personal bekommen hatte, sah sie aus wie ein verirrter Schutzengel. Wenigstens war sie trocken, denn mittlerweile waren mehr als zwei Stunden vergangen. Warum vergeht Zeit so unterschiedlich schnell, wenn wirklich jede Stunde exakt sechzig Minuten hat?, dachte Juli, während sie seit einer Ewigkeit darauf wartete, dass ihr die Ärzte Auskunft über den Zustand des fremden Jungen geben würden. Je unbequemer die Zeit war, desto länger dauerte eine Stunde. Eine Stunde Bauchweh war wie drei Stunden; eine Stunde Physikunterricht von Herrn Brenneisen, der langsamer redete, als eine Nacktschnecke sich fortbewegte, war wie ein halber Tag; eine Stunde Diskussion mit ihren Eltern ein ganzer Tag; eine Stunde ohne ihre Schwester Mira kein Leben. Dafür galt: Eine Stunde mit Milchreis am Strand um die Wette rennen war wie eine halbe Stunde; eine Stunde Milchreis mit frischer Himbeersoße essen zwanzig Minuten; eine Giggelstunde mit Mira eine Minute.

»Gehörst du zu dem Jungen?«

Vor ihr stand eine Krankenschwester, die sie anschaute, als hätte Juli sie zu einem Boxkampf herausgefordert. Aus ihren Gedanken herausgerissen, sprang sie auf.

»Ja!«

»Familie?«, hakte die Krankenschwester nach.

Sie beugte sich zu Juli herunter und ihr Atem roch nach Salbeibonbons.

»Nein, aber ich habe ihn gefunden«, erwiderte Juli stolz.

Die Pflegerin kniff misstrauisch die Augen zusammen.

»Ach was«, erwiderte sie emotionslos. »Dann darf ich dir leider keine Auskunft geben. Nur Familie.«

Juli stemmte die Arme in die Seiten. Der grimmige Ausdruck der Frau erinnerte sie an Frau Hofmanns Terrier, der Hund aus der Nachbarschaft, der jeden ankläffte, der an seinem Zaun entlangkam.

»Haben Sie schon mal einen Igel gerettet?«

Die Krankenschwester sah Juli perplex an. Wollte dieses Mädchen sie gerade auf den Arm nehmen?

»Also, ja oder nein?«, hakte Juli nach und kratzte sich am Arm.

»Schau, dass du nach Hause kommst«, knurrte die Krankenschwester.

»Wenn ein Igel über die Straße will und Sie ihm über die Straße helfen und auf der anderen Seite ins Gras setzen, dann fühlen Sie sich doch auch für ihn verantwortlich, oder?«

Juli ließ sich nicht abwimmeln.

»Dein Igel«, schnaubte die Krankenschwester, »hat nicht mal 'ne Versicherungskarte. Geschweige denn, verrät er uns seinen Namen. Und jetzt Abmarsch, Fräulein.« Damit drehte sie sich um und stapfte durch den langen Flur.

Juli hingegen rührte sich nicht vom Fleck.

»Das heißt, er lebt?«

»Ja, das heißt es dann wohl«, kläffte der Terrier, ohne sich nochmals umzudrehen.

Juli atmete erleichtert auf, und die Luft strömte so tief durch sie hindurch, dass sie erst jetzt bemerkte, wie kurz sie geatmet hatte.

»Juli!«, schrie ihre Mutter in dem Moment so laut durch den Flur, dass sich alle Patienten und Pfleger gleichzeitig umdrehten und zusahen, wie Julis Eltern ihre Tochter in die Arme schlossen. Es war ein Spektakel.

»Wo ist denn dein Handy? Wir haben bestimmt hundert Mal versucht, dich anzurufen«, wimmerte Helene, während Juli fast in ihrer Umarmung erstickte.

»Wenn das mal reicht«, fügte ihr Vater humorvoll hinzu und warf seiner Tochter einen verschwörerischen Blick zu.

Juli wusste, dass er die Wahrheit sagte. Helenes helle Haut war übersät mit roten Flecken, ein Stressindiz, das sie seit Miras Verschwinden fast täglich bekam.

»Mein Handy geht nicht mehr, aber mir geht's bestens«, nuschelte Juli und kämpfte sich aus der Umarmung frei. »Es sei denn, du erwürgst mich, dann kann ich gleich hierbleiben.«

»Haben die denn noch was frei auf der Geschlossenen?«, scherzte Hans. »Mit dem Outfit bist du dort bestimmt willkommen.«

Juli versetzte ihm lachend einen ordentlichen Tritt ans Schienbein.

»Ja, ich hab mir extra mein schönstes Abendkleid dafür ausgesucht«, erwiderte sie. »Die haben dort einen strengen Dresscode.«

»Allerdings ein bisschen knapp«, konterte Hans, und Helene nickte bestätigend. Hans streifte Juli sein Jackett über die Schulter und Juli schnappte sich ihr Tagebuch. Als sie das Krankenhaus verließen, fühlte sich Juli zwischen ihren Eltern sicher und gleichzeitig irgendwie auch gefangen.

Nachdem Juli ihren Eltern von dem gestrandeten Jungen berichtet hatte, herrschte nachdenkliches Schweigen im Auto der Sommers. Julis strähnige Salzhaare flatterten im Fahrtwind. Sie saß im Fond des Wagens und zerlegte ihr durchnässtes Handy, um wenigstens die SIM-Karte zu retten. Das Einzige, was in dem Auto für gute Laune sorgte, war ein alter Song der Beatles, der im Radio lief.

»Gut, dass wir so oft Erste Hilfe geübt haben, was?«, murmelte Hans mehr zu sich als zu Juli, die nur ein schwaches »Mmmmhhhmmmhh« hervorbrachte.

»Was hast du eigentlich so früh am Strand gemacht?«, wollte Helene wissen, und ihre Stimme klang dabei wie eine Tatortkommissarin beim Verhör eines lang gesuchten Täters.

»Nichts«, entgegnete Juli knapp.

»Das hast du doch gestern schon gemacht«, antwortete ihr Vater.

»Bin nicht fertig geworden«, konterte Juli, und Hans grunzte amüsiert, wofür er gleich einen bösen Blick von Helene einkassierte, die am Steuer des VW Touran angespannt in den fünften Gang schaltete.

»Das war nur ein Vorschlag gestern«, sagte Helene leise und suchte über den Rückspiegel Kontakt zu Juli, die keinerlei Interesse an einem Friedensgespräch hatte.

Sie kannte ihre Mutter zu gut – ihre behutsame Art, sich ihrer Beute anzunähern, um sie dann mit einem Biss zu zerfleischen. Kein Kommentar. Lieber schaute Juli aus dem Fenster, wo die Dünenlandschaft vorbeiflog, die sie so sehr liebte und die nach

Sommer roch, nach Meersalz, Heide und Dünengras. Vertraute Gerüche beruhigten sie.

»Ich brauch dringend 'n neues Handy«, entgegnete Juli. »Da war mein ganzes Leben drin.«

»Deine Mutter meint es doch nur gut mit dir«, mischte Hans sich ein.

»Seid ihr zusammen auf die Welt gekommen oder was?«

»Jetzt reiß dich mal zusammen, noch haben wir nichts entschieden«, brach es aus Helene heraus.

»Man kann sich gar nicht zusammenreißen. Entweder man wird auseinandergerissen oder man wächst zusammen!«, widersprach Juli, Pfeil und Bogen innerlich gespannt.

Hans schien ernsthaft über Julis Worte nachzudenken, Helene hingegen gab keine Ruhe.

»Aber es muss sich etwas verändern!«

Juli spannte den Pfeil, schoss ihn los: »Woher willst du überhaupt wissen, was *das Beste für mich* ist?«, äffte sie die Stimme ihrer Mutter nach. »Du kennst mich doch gar nicht.«

»Wir sind deine Eltern«, versuchte es Hans mit mehr Diplomatie, doch weiter kam er nicht, denn Juli beugte sich nach vorne zwischen die Sitze und starrte in die Gesichter ihrer Eltern, die Julis Wutanfälle allzu gut kannten.

»Ich kotz gleich. Dann sagt mir doch, was ich gerade denke?«

»Niemand weiß, was der andere denkt, und das ist auch gut so«, wandte ihr Vater schnell ein.

»Wir sind Psychotherapeuten und keine Hellseher«, bestätigte Helene. Typisch! Zwei Menschen, eine Stimme. Ihre Eltern waren zusammen eine unüberwindbare Mauer, eine Front mit klaren Siegern. Mit einem Ruck warf sich Juli zurück in ihren

Sitz, verschränkte die Arme vor der Brust wie ein trotziges kleines Kind.

»Mira wusste immer, was ich dachte«, brummte sie leise und verletzlich.

»Mira ist tot«, entgegnete ihre Mutter entschieden, sich der Kraft ihres Satzes nicht bewusst.

Plötzlich sagte niemand mehr etwas.

Mira ist tot.

Die drei Worte bohrten sich wie ein giftiger Stachel durch Julis Körper, erreichten ihr Herz, das sich auf die Größe eines Sesamkorns zusammenzog. Sie konnte sich nicht vorstellen, dass es je wieder Blut durch ihren Körper pumpen würde. Seit Miras Verschwinden war ihr Herz beleidigt, das Einzige, was Juli ab und zu spürte, war diese taube Enge in ihrem Brustkorb. Wie konnten Menschen diesem Symbol nur so viel Bedeutung beimessen, einschließlich sie selbst? Es war ein Muskel. Nur ein verkrüppelter Muskel!

Die Stille im Auto wurde unerträglich, und Juli atmete erleichtert auf, als sie endlich in ihr Wohnviertel einbogen, eine verkehrsberuhigte Straße, an deren Ende das Haus der Sommers lag. Sie fuhren vorbei an den alten Hüpfkästchen, die sie noch mit Mira mit echter Graffitifarbe auf die Straße gesprüht hatte, fuhren vorbei an der alten Frau Hofmann, die mit ihrem Schäferhund spazieren ging, oder besser: er mit ihr. Die Leine gespannt, zog der Hund sein Frauchen hinter sich her, die aufgrund ihrer fortschreitenden Altersdemenz niemanden mehr erkannte. Die alte Frau löste in dem Moment ein tiefes Mitgefühl in Juli aus. Früher war sie mit ihrer Schwester oft bei ihr gewesen, die alle im Dorf für verrückt und eigenartig hielten. Nur weil sie mit ihren Hühnern mehr redete als mit den Einheimischen. Dabei war es die Einsamkeit, die seltsame Dinge mit den Menschen machte, das wusste Juli jetzt. Sie kurbelte das Fenster weiter runter, winkte Frau Hofmann zu, die sie nicht sah und mit gesenktem Kopf über den Bürgersteig stolperte. Bei ihr in der Küche hatte es immer die weltbesten Nutellabrote gegeben. Der Deal bestand darin, dass Frau Hofmann die Haare der Zwillinge kämmen durfte, so lange sie wollte, dafür bekamen sie bei ihr Nutellabrote unlimited. Miras Rekord lag bei acht, Julis bei zwölf. Wehmütig drückte sich Juli in den Autositz, wollte sich gerade von der alten Frau abwenden, die sie in dem Moment geradewegs anstarrte, als würde sie sie wiedererkennen. Gänsehaut flutete Julis Körper.

»Schätzchen, das Leben bedeutet Veränderung«, durchbrach Hans das Schweigen.

Er drehte sich zu Juli um, aber Juli war in Gedanken noch bei der alten Frau.

»Du musst endlich weiterleben, Juli. Du hast kaum noch Freunde. Gibt es keine netten Jungs an deiner Schule?«, redete Helene auf Juli ein, die stumm die Lippen zusammenpresste, obgleich alles in ihr schrie. Ihre Mutter hatte so viel Feingefühl wie eine grobe Leberwurst! Ständig diese Frage nach ihren Freunden. Dreimal hatte Helene in den letzten Wochen einen Filmabend mit Luise, einem gleichaltrigen Mädchen, das in derselben Straße wohnte, organisiert, dreimal war Juli nicht aufgetaucht. Sie war stattdessen in ihrem Kellerversteck geblieben, mit knurrendem Magen und einer ordentlichen Portion Wut im Bauch, die nicht sättigte. Verlockend war der Duft des selbst gemachten Popcorns gewesen. Doch Mira war ihre beste Freundin. Forever.

Noch im Fahren wollte Juli die Tür öffnen, sie musste dringend raus aus der bevormundenden Elternhölle. Doch Fehlanzeige. Die Kindersicherung war noch drin. Abrupt ging Helene auf die Bremse und drehte sich energisch zu Juli um, um ihr endlich das zu sagen, was sie dachte.

»Juli, wir müssen Mira beerdigen. Du musst endlich loslassen!«

Einundzwanzig, zweiundzwanzig, dreiundzwanzig. Juli regte sich nicht. Anstatt etwas zu sagen, biss sie sich fest auf die Lippen. Was sollte das mit diesem Loslassen? Was meinte ihre Mutter damit? Wie lässt man etwas los, das ein Teil von einem ist? Abschätzig blickte sie ihre Mutter an und die Hilflosigkeit in Helenes Augen ließ sie kalt. Ging es wirklich um sie oder verwechselte ihre Mutter hier etwas? Juli schwieg und die Zeit dehnte sich aus. In ihrem Blickduell glich jede Sekunde einer Kugel. Das war einer dieser Momente, in denen eine Minute zu einer Stunde wurde, einem Tag, einem Jahr. Dann endlich das erlösende Klickgeräusch. Die Kindersicherung öffnete sich. Mit einem Satz sprang Juli mitsamt ihrem Handy und dem Tagebuch aus dem Auto und raste die Straße zu ihrem Haus entlang. Ob wohl alles anders gekommen wäre, wenn sie woandershin gezogen wären? Was ist eigentlich das Gegenteil von »wenn«? Das Leben, vielleicht.

Drei Jahre, drei Monate, zwei Wochen und ein Tag. So lange war Mira jetzt verschwunden. Juli lag bäuchlings auf der unteren Ebene ihres Etagenbettverstecks, nachdem sie stundenlang ihr Tagebuch trocken geföhnt hatte. Sie fühlte sich grauschwarz, denn für Juli hatte jedes Gefühl eine Farbe. Zusammen mit Mira hatte sie sich damals eine Farbskala ausgedacht: Schwarz war die Einsamkeit oder wenn sie Streit mit ihren Eltern hatten; Rosa die Freude; Hellblau war das Gefühl nach einem Strandtag, wenn man abends salzwassergetränkt barfuß nach Hause schlenderte und das Kopfkino geschlossen hatte; Gelb waren alle unguten Gefühle. Angst zum Beispiel. Oder Neid. Ein Geheimcode, den nur sie beide verstanden. Die Leere, die sie fühlte, seit Mira verschwunden war, war Grau. Nicht Steingrau oder Mausgrau, sondern einfach nur Grau.

Die Oberseite des Bettes sah aus wie die Tatortwand in einem Krimi. Der Holzrahmen hing voll mit ausgeschnittenen Zeitungsartikeln, Post-its mit Hinweisen auf den möglichen Zielort, selbst gemalten Bildern von Zeugen und ihren Aussagen. Hunderte von Indizien und keine Leiche. Juli zeichnete einen weiteren Strich in die unterste Ecke des Bettes, dort wo noch Platz war. Schon wieder ein Tag mehr ohne Mira.

Juli widmete sich dem alten Globus, den sie sich geschnappt hatte, um mit einem wasserfesten Edding mögliche Wege zu markieren, die August zurückgelegt haben könnte. Wie war er auf Sylt gelandet? Aus welchem Land kam er? Welche Sprache sprach er? All diese Fragen beschäftigten Juli, während sie sich den Bauch mit Tropifrutti-Gummibärchen vollstopfte. Nur die Bananen sortierte sie sorgsam aus, um sie in einem Weckglas unter dem Bett zu verstauen. Für Mira, falls sie wiederauftauchen würde.

In der hintersten Ecke des Kellers hatte sie sich eine richtige Höhle eingerichtet, das alte Hochbett mit einem geblümten Stoff verhangen, sodass sie in dem unteren Abteil des Bettes ungestört ihren Recherchen nachgehen konnte. Auch wenn ihre Eltern von ihrem Versteck im Keller wussten, ließen die sie dort in Ruhe und ersparten ihr jedes Gespräch darüber. Juli war hier deutlich lieber als in ihrem neuen Zimmer im zweiten Stock, wo Hans und Helene ihr eine gesamte Etage bereitgestellt hatten, damit sie sich »endlich ausbreiten« könne. Eine ganz Etage Einsamkeit, hatte Juli gedacht und nichts gesagt. In ihrer Höhle fühlte sie sich viel wohler und Mira am nächsten. Wenn sie hier war, war sie nicht mehr alleine. Überall waren Gegenstände aus ihrem ehemaligen Kinderzimmer, vieles davon gab es doppelt: zwei Schaukelpferde, zwei Schulranzen, zwei Hüpfbälle, mit denen sie immer durch die Straßen gehüpft waren, zwei Tennisschläger, eine Tischtennisplatte. Die von Mira heiß und innig geliebte orange verblichene Jogginghose, die mindestens drei Löcher hatte und mit der sie oft tagelang zu Hause und in der Schule herumgelaufen war. Juli, der Klamotten immer wichtiger waren als ihrer Schwester, hatte sich in der Schule für Mira geschämt, der völlig egal war, was sie trug. »Das wird der neue Trend«, hatte Mira trocken auf Julis Reaktion geantwortet, »wirst dich noch wundern.« Als sie dann am nächsten Tag mit dem Fahrrad von der Schule gekommen waren und Frau Hofmann ihnen in einer orangefarbenen Jogginghose entgegenlief, hatte sie ein kräftiger Lachanfall fast von den Rädern geschüttelt.

Juli schreckte hoch. Hatte sich der Vorhang gerade bewegt? Vorsichtig schob sie den bunten Stoff zur Seite, als Milchreis seine feuchte Nase hereinsteckte und sie mit treuen Augen anblickte. Ohne Julis Kommando abzuwarten, sprang Milchreis auf ihre Matratze und kuschelte sich neben sie. »Mann, hast du mich erschreckt«, japste Juli und freute sich über den unerwarteten Besuch. Milchreis besaß ein zotteliges graues Fell. Vor ein paar Monaten hatte sich darin ein gelbes Sandförmchen verfangen, das Juli erst Stunden später entdeckte. Allmählich entspannten sich ihre Gesichtszüge. Milchreis war ihr bester Freund. Sie schlug ihr Tagebuch auf und kritzelte hinein, um den Dialog mit ihrer Schwester fortzusetzen.

Liebe Mira, dieser August geht mir nicht mehr aus dem Kopf. Das kann doch kein Zufall sein, dass er ausgerechnet mir vor die Füße geschwemmt wird! Das klingt ja fast wie in einem Märchen ... »Aschenputtel auf der Flucht« oder »Hänsel ohne Gretel«.

Vielleicht weiß er, wo du bist? Es klingt kindisch, aber am Anfang dachte ich wirklich, dass du es bist, die da auf der Holzplanke angeschwemmt kommt. Egal wie absurd. Meine Fantasie geht mit mir durch. Ich muss unbedingt morgen noch mal in dieses Krankenhaus. Er hat mich so intensiv angesehen, als würde er mich kennen. Ein Teil von ihm war da, ein anderer Teil weit weg. Ich muss ihm helfen. Die Krankenschwester, also der Terrier, lässt mich bestimmt nicht zu ihm. Vielleicht kann ich sie ja mit Salbeibonbons bestechen? Vor mir liegen noch drei Wochen Sommerferien, drei Wochen Ödnis, da kommt mir so ein Fund doch sehr gelegen. Was für ein Tag! Ich bin todmüde. Oder lieber müde, klingt besser. Und nach Aufwachen morgen. Vielleicht war ja alles auch nur ein Traum.

3. Der Schiffbrüchige

An der Sylter Küste ist gestern ein circa siebzehnjähriger Junge aufgefunden worden. Er hatte weder Kleidung noch Ausweispapiere bei sich. Die Polizei ist dankbar für Hinweise oder Vermisstenmeldungen aus der Bevölkerung. Bitte wenden Sie sich an folgende Nummer ...« – die letzten Worte des Sylter Anzeigers verschluckte Hans zusammen mit seinem Spezialmüsli, das er sich jeden Morgen mit der Getreidemühle aus frischen Körnern mahlte. Es war noch früh am Morgen, und Helene beobachtete an der Kaffeemaschine den goldbraunen Strahl, der sich wie ein kleiner Mäuseschwanz krümmte und gleichmäßig in die Tasse strömte.

»Meint ihr, er ist ein Flüchtling?« Juli stand mit verwuschelten Haaren in der Tür, ein Teil von ihr war noch am Schlafen.

Hans blickte kauend von seinem Müsli auf. »Was ist denn mit dir los? Konntest du nicht schlafen? Du hast doch Ferien.«

Anstatt einer Antwort zuckte Juli nur mit den Schultern. Wie ferngesteuert ging sie zum Kühlschrank, um sich einen halben Liter Orangensaft einzuverleiben.

»Ich hab auch kaum geschlafen«, gestand Helene und zog die Kaffeetasse weg, bevor der Strahl zu Ende gelaufen war, »bestimmt eine Überdosis Koffein.« Sie drückte Juli einen Kuss auf ihre Haare und setzte sich dann zu Hans an den Küchentisch, um den Bericht in der Zeitung selbst zu lesen.

»Wie ist der Junge nur dorthin gekommen?«

»VielleischtaufeinemFrachterdurschdenÄrmelkanal?«, nuschelte Hans, dem ein Getreidekorn zwischen den Zähnen hängen geblieben war und der sich einen Zahnstocher genommen hatte.

»Aber niemand überlebt so lange im kalten Wasser«, erwiderte Juli. Sie schaute dabei in den offenen Kühlschrank, als könnte er ihr empfehlen, was sie am besten zum Frühstück essen sollte.

Hans und Helene nickten zustimmend.

»Oder es ist ein verwirrter Jugendlicher? Aus einem Jugendgefängnis vom Festland oder aus der Psychiatrischen? Die psychischen Krankheiten in dem Alter haben so stark zugenommen in den letzten Jahren«, mutmaßte Helene weiter.

»Kann ich mir nicht vorstellen«, erwiderte Juli, die im Kühlschrank endlich fündig geworden war und sich mit einem Himbeerjoghurt und einem Wiener Würstchen neben Milchreis auf den warmen Steinboden kauerte.

Hans hatte endlich das Korn erwischt und hielt es wie eine Trophäe in die Luft.

»Wahrscheinlich ist der Junge ein Tourist, der die Kraft der Nordsee unterschätzt hat«, fügte Hans mit sanfter Stimme zu. Seine Therapeutenstimme, dachte Juli, sagte aber nichts. Lieber schob sie noch einen Löffel Joghurt in ihren Mund. »Das Meer gibt, das Meer nimmt, Helene.« Mit dem Handrücken glitt er über Helenes Unterarm, die aufzuckte.

»Ich hasse dieses Meer … Hans.« Das »Hans« betonte sie nachdrücklich und ihre Stimme klang wie Frost, Tauwetter nicht in Sicht. Darunter lag eine tiefe Traurigkeit, und Juli war sich sicher, dass das Auftauchen des fremden Jungen damit zu tun hatte, er spülte alte Erinnerungen hoch. Bei allen. Juli wich Hans' verständnislosem Blick aus und widmete sich lieber Milchreis, der unter freudigem Schwanzwedeln ihren Joghurtbecher ausschleckte.

Ein lautes Klingeln ließ alle aufschrecken. Wer war das? Die Polizei? Das Krankenhaus? Fragend blickte Juli ihren Vater an, der wiederum Helene anschaute.

»Kundschaft!« Helene lachte nervös auf. Im Sommer herrschte in der psychotherapeutischen Praxis von Hans und Helene immer Hochbetrieb. Im Winter konnte man seine dunklen Gedanken hinter den Einmachgläsern im Keller verstecken, aber im Sommer hatte niemand Verständnis für schlechte Laune. Das Licht machte den Staub sichtbar. Den seelischen und den hinter den Regalen, dachte Juli. Am Blick ihres Vaters erkannte sie, dass er sich in dem Moment wirklich um den Zustand ihrer Mutter sorgte. »Ich geh schon, ist für mich«, fuhr Helene fort. Dann war sie weg. Juli und Hans blickten ihr nach, das Hallen ihrer Absätze klang gespenstisch auf dem Steinboden.

Juli hielt dem Hund den Joghurtbecher so hin, dass er auch die letzten Ecken ausschlecken konnte.

»Sie hat nur schlecht geschlafen«, sagte Hans. Er schaute zu Juli runter und reichte ihr eine Hand, um sie hochzuziehen.

»Und was hast du heute Schönes vor?«

»Weiß ich noch nicht«, antwortete Juli so beiläufig wie möglich, denn längst hatte sie einen Plan für den Tag geschmiedet.

»Das klingt abenteuerlich.« Hans streichelte ihr über die Wange, und Juli wusste, dass er damit versuchte, die schlechte Laune ihrer Mutter wiedergutzumachen. Das war ihre Dynamik.

Juli blinzelte gegen die Sonne an, die ausgeschlafen vor sich hin schien, während Juli müde auf ihrem roten Fahrrad saß und in unkontrollierten Schlangenlinien die Küstenstraße entlangradelte. Vorbei an dem ausgeschalteten Leuchtturm, dessen Leuchtsignal eine Stunde vor Sonnenuntergang einsetzte und eine Stunde nach Sonnenuntergang aufhörte. An dem Tag, als Mira verschwand, hatte er ganze Tage und Nächte durchgeblinkt, um dem Suchtrupp eine Orientierung zu geben. Einer der Spürhunde hatte damals den Lichtstrahl auf dem Meer angebellt, als würde es sich um das Zielobjekt handeln. Geholfen hatte es nichts. Juli schob ihre Sonnenbrille zurück auf die Nase und gähnte herzhaft. Vielleicht war August der Schlüssel zu Miras Verschwinden? Die Hoffnung hatte sie wie ein Irrlicht bereits mehrfach auf absurde Pfade gelockt. Juli hatte letzte Nacht kaum geschlafen und stattdessen überlegt, wie sie August wiedersehen konnte. Sie hatte daran gedacht, sich als eine Angehörige auszugeben, um herauszufinden, in welchem Zimmer August untergebracht war, doch als sie das städtische Krankenhaus endlich erreichte, warf sie ihren Plan über Bord. Es war viel leichter als gedacht, denn noch im Eingangsbereich kämpften zwei Inselpolizisten mit der Drehtür und unterhielten sich über den fremden Jungen.

»Ich weiß nicht, ob die noch Plätze in der Flüchtlingsunterkunft frei haben«, sagte die Polizistin nachdenklich, während sie versuchte, die klemmende Glastür weiterzuschieben. Juli, die direkt hinter ihnen in der Drehtür steckte, wurde unfreiwillig Zeugin ihres Gesprächs. Die Frau hatte sanfte Wellen in ihren blondierten Haaren und ihr schmales Gesicht war makellos geschminkt. Für die Frisur ist sie bestimmt schon heute Nacht um vier Uhr aufgestanden, schoss es Juli durch den Kopf.

»Ach, Wiebke«, entgegnete ihr bäriger Kollege, der um einige Jahre älter war als sie, »jetzt schauen wir uns das Treibgut erst mal an, und dann sehen wir weiter.«

»Treibgut?« Wiebke wandte sich empört an ihren Kollegen. »Das sind Menschen, Piet! Wie kannst du so was sagen? Weißt du, was diese Flüchtlinge durchgemacht haben?«

Juli lauschte gebannt jedem Wort und musterte dabei den Boden, als würde in dem quadratischen Fliesenmuster die Lösung eines uralten Rätsels stecken.

»Das sind Traumas, die sie ihr ganzes Leben begleiten«, fügte Wiebke aufgebracht hinzu.

»Traumata!«, korrigierte Piet sie mit einem triumphierenden Grinsen. Wiebke stöhnte genervt.

»Anstatt dich an Kleinigkeiten aufzuhängen, solltest du dich lieber auf das Wesentliche konzentrieren.« Sie machte eine Pause, strich sich eine Strähne ihrer Haare hinters Ohr und fügte dann hinzu: »Klugscheißer!«

»Wir wissen ja noch gar nichts Genaues, jetzt entspann dich mal«, antwortete Piet gelassen. »Hast wohl gute Laune gefrühstückt, was?«

Wiebke stemmte sich gegen die Tür, die ausgerechnet jetzt vollends blockierte.

Die Polizistin drehte sich entschuldigend zu Juli um, die dabei von einer Brise billigem Haarspray erfasst wurde. Sie gab ihr harmlosestes Lächeln zum Besten, während gleichzeitig eine Hitzewelle in ihr hochstieg. Sie fühlte sich gefangen und die plötzliche Enge nahm ihr die Luft. Da war es wieder, dieses Ohnmachtsgefühl. Einundzwanzig, zweiundzwanzig, dreiundzwanzig. Die Zeit verging im Schneckentempo, und sie wäre jetzt gerne eine Superheldin gewesen, die sich unsichtbar machen konnte, oder wenigstens eine gute Schauspielerin. Aber das war sie beides nicht. Juli konnte weder fliegen noch gut lügen. Dafür konnte sie gut rennen. Nicht schnell, aber lange. Doch das war in dem winzigen Drehtürabteil, in dem sie gerade steckte, unmöglich. Juli vergaß zu atmen, und zum Glück gelang es Piet, die Drehtür mit einem kräftigen Ruck wieder in Gang zu setzen. Nach Luft schnappend sprang Juli aus dem Abteil und zog sich schnell die Kapuze ihres rot-weiß geringelten Pullovers über die Ohren, um in sicherem Abstand den Polizisten zu folgen, die zielstrebig durch die Krankenhausgänge steuerten. Sie wusste, die beiden waren der Leuchtturm zu Augusts Zimmer.

Und tatsächlich saß sie kurze Zeit später vor der Zimmertür mit der Nummer 101. In einem Rollstuhl, den sie im Treppenhaus gefunden hatte, und mit ihrer tief in die Stirn gezogenen Kapuze. Hier hatten sie August untergebracht. Es stand zwar kein Name auf dem Türschild, dafür konnte Juli von drinnen die Stimmen der beiden Polizisten hören. Allerdings sprachen sie zu leise, als dass sie ihrem Gespräch hätte folgen können. Unsicher blickte Juli sich in dem langen Gang um. Nur ein junger Pfleger war mit einem Wagen unterwegs, um die Frühstückstabletts aus den Zimmern abzuräumen. Also drückte Juli die Türklinke geräuschlos herunter und schob die Tür einen Spalt auf.

»Der Junge hatte mehr Glück als Verstand«, hörte sie jetzt die Stimme des Arztes. »Es ist ein Wunder, dass er bei den Wassertemperaturen überlebt hat.«

Der Arzt blätterte neben Augusts Bett durch die Patientenakte. Er war höchstens einen Meter fünfundsechzig groß, was seiner Wichtigkeit keinen Abbruch tat. Piet und Wiebke hörten den

Worten des Arztes aufmerksam zu und blickten dabei August an, der geschwächt in dem Krankenhausbett lag. Seine Hand steckte in einem Verband, und sein Arm hing an einem Tropf, aus dem eine durchsichtige Flüssigkeit sickerte. Sein Blick war seltsam abwesend. »Wir haben ihm ein Beruhigungsmittel gegeben, nachdem er versucht hat, sich selbst zu verletzen«, fuhr der Doktor fort. »Eventuell müssen wir ihn auf die geschlossene Abteilung verlegen.«

Auf die geschlossene Abteilung, schoss es Juli durch den Kopf. Durch die psychotherapeutische Arbeit ihrer Eltern wusste sie, dass dort nur die harten Fälle landeten, Patienten mit Kopfkrankheiten, die für sich selbst und andere eine Gefahr darstellten. Das musste sie verhindern. Auch wenn es gefährlich war, schob sie den Spalt der Tür etwas auf, um keinen Preis wollte sie ein Wort verpassen.

»Wir sind von der Polizei und wollen dir helfen. Du musst keine Angst vor uns haben.«

Wiebke rückte sich einen Stuhl dicht an Augusts Bett. Mit großem Interesse schaute sie den dunkelhaarigen Jungen an, dessen Blick starr gegen die Decke gerichtet war. Seine linke Hand, die mit dem Verband, hing schlaff aus dem Bett.

»Kannst du uns hören?«, fügte sie sehr laut hinzu.

August rührte sich nicht, dafür aber sein Bettnachbar, der genervt den Fernseher auf die höchste Lautstärke schaltete, um weiter einer Kochsendung folgen zu können, in der gerade Gözleme mit Spinat- und Schafskäsefüllung zubereitet wurde. »Formen Sie etwa zwölf bis fünfzehn gleich große Kugeln aus dem Teig und geben Sie diese auf eine leicht bemehlte Oberfläche …«, empfahl die junge Köchin, die vor einem Lehmofen stand, die Hände voller Mehl.

Mit einem missbilligenden Blick nahm der Arzt dem Patienten die Fernbedienung aus der Hand, der ihn daraufhin ankeifte: »Was soll das? Ich will das hören.«

»Dann nehmen Sie nächstes Mal ein Einzelzimmer, Herr Canan«, sagte der Arzt mit einem ironischen Unterton in der Stimme. Wortlos reichte er dem Mann die Kopfhörer aus der Schublade seines Nachttischs, woraufhin sich Herr Canan mit einem Grunzen zufriedengab.

»Kann er uns überhaupt hören, Doktor Nemecek?«, wandte Wiebke nachdenklich ein.

»Ich denke schon. Die Frage ist eher, ob er unsere Sprache versteht«, antwortete der Arzt, der anfing, Augusts Kopf abzutasten. Seine bleichen Finger glitten an Augusts nasser Stirn entlang, der dabei leblos wie eine Puppe wirkte. »Er hat noch Fieber.«

»Und spricht der Schiffbrüchige auch?«, mischte sich Piet ein. Er hielt sich mit beiden Händen am Bettende fest.

»Ja«, antwortete August knapp. Verblüfft sahen ihn alle an. »Und Deutsch kann er auch!«, stammelte der Polizist überrascht.

Wiebke warf ihrem Kollegen einen mahnenden Blick zu und wandte sich dann an August, der jetzt leicht den Kopf zu ihr gedreht hatte.

»Wie ist denn dein Name?«, fragte Wiebke in ihre Richtung.

»Wo kommst du her? Wie alt bist du? Wo sind deine Eltern?«, setzte Wiebke ihr Fragenbombardement fort, doch August kniff bloß angestrengt die Augen zusammen und krallte sich mit seiner heilen Hand ins Laken. Vor der Zimmertür trat Juli unruhig von dem einen Fuß auf den anderen, sie wäre gerne dem Jungen zu Hilfe geeilt, nur wie? Sie musste sich etwas einfallen lassen, um ihn aus den Händen der Polizisten zu befreien.

»Jetzt lass ihn mal, der Junge ist ja vollkommen durcheinander«, hielt Piet seine ungeduldige Kollegin zurück, und der Doktor nickte bestätigend.

»Wir haben die Vermutung einer retrograden Amnesie. Das heißt, er kann sich an nichts erinnern. Oder er gibt es vor. Das wissen wir noch nicht. Möglicherweise ist seine komplette biografische Erinnerung gelöscht. Sein Gedächtnis wäre dann zwar nicht verloren, aber der Zugang wäre blockiert – wahrscheinlich aufgrund eines traumatischen Erlebnisses. Das kommt bei Schocks öfters vor. Ist meistens nur eine Frage der Zeit«, klärte Doktor Nemecek die beiden Polizisten auf.

»Ich dachte, das gibt's nur in Hollywoodfilmen«, entgegnete Piet verblüfft.

»Manchmal vermischen sich Fiktion und Realität«, fuhr der Doktor fort. »Das Leben schreibt immer noch die spannendsten Geschichten, das können Sie mir glauben.«

»Scheiße, wo ich bin?«, stammelte August. Er versuchte, sich aufzustemmen, doch ihm fehlte die Kraft, und er sank wieder zurück auf die Matratze. Doktor Nemecek trat nah an sein Bett.

»Du bist hier im Medizinischen Versorgungszentrum von Sylt.« Echte Fürsorge lag in seiner Stimme. »Jemand hat dich gestern aus der Nordsee gefischt, viel mehr wissen wir noch nicht.«

Ein wildes Piepsen unterbrach seine Erklärung. »Oh. Ein Notfall.« Entschuldigend sah er die Polizisten an und schob sein Klemmbrett mit der Patientenakte unter den Arm.

Wiebke wandte sich ein weiteres Mal dem geschwächten Jungen zu.

»Was ist denn das Letzte, an das du dich erinnern kannst?«

August presste fest die Lippen zusammen.

»Da war der Mädchen«, entgegnete er kaum hörbar. Ein fremdartiger Akzent lag in seiner Stimme.

Juli hielt den Atem an. Meinte er etwa sie?

»Typisch«, scherzte Piet, und seine Hände klatschten auf das Bettende, sodass das Bett wackelte, »bestimmt gut aussehend, oder?« Piet lachte. Er war der Einzige in dem Krankenzimmer, der das witzig fand.

»Kommen Sie die Tage wieder, der Junge braucht Ruhe.«

Diesmal waren Doktor Nemeceks Worte keine Bitte, sondern eine klare Anweisung. Wiebke nickte, stand auf und schob den Stuhl zurück. Der Junge hatte ein großes Fragezeichen auf ihren Gesichtern hinterlassen.

»Bestimmt vermissen ihn seine Eltern schon. Wir sollten eine internationale Vermisstenanzeige aufgeben«, schlug Piet vor, woraufhin seine Kollegin kopfnickend zustimmte.

»Ich habe mich verlaufen«, nuschelte Juli in den Kragen ihres Pullovers. *Verlaufen?* Oh mein Gott, wie blöd sie war! Hastig versuchte sie, die schweren Räder durch den Flur zu schieben, der sich nicht vom Fleck rührte. Irritiert schauten die Polizisten und der Arzt auf sie herunter und Julis Gesicht brannte vor Scham. Endlich löste sie die Bremse des Rollstuhls, der unkontrolliert vor- und wieder zurückrollte, wobei sie gegen einen Medikamentenwagen stieß, der laut schepperte.

»Verdammt!«, fluchte Juli und blickte plötzlich in ein weiteres Gesicht, das sie kannte. Der Terrier, ihre Lieblingskrankenschwester.

»Was wird das denn, wenn's fertig ist?«, fauchte die Krankenschwester und bückte sich, um zwei Spritzen aufzuheben.

Juli biss sich auf die Unterlippe. Sie musste handeln. Jetzt! Mit einem Satz sprang sie aus dem Rollstuhl und rannte den Flur entlang, was ein allgemeines Staunen hinterließ. Das Letzte, was Juli hörte, war die sonore Stimme des Arztes:

»Wunder gibt es nicht nur in der Bibel.«

Die bissige Krankenschwester blickte nicht auf, als eine Stunde später ein bunter Tulpenstrauß an ihrem Medikamentenwagen vorbeiwanderte. Zu sehr war sie vertieft in die Sortierung der Tabletten, die sie aus den Packungen drückte, um sie in die entsprechenden Medikamentendosierer zu füllen. Juli spähte zwischen den farbigen Blumen hindurch, die sie auf dem Flur entdeckt hatte. Ihr Wille, den fremden Jungen wiederzusehen, war größer als ihre Angst, erwischt zu werden. Sie musste zu ihm. Er weckte etwas in ihr, das zu lange geschlafen hatte, etwas tief Verschüttetes. Dank ihres Superhirns fand sie Augusts Zimmer im Schlaf wieder.

»Hey«, sagte sie, und ihr gerötetes Gesicht tauchte hinter den Tulpen auf. Sie atmete tief durch. Es tat gut, den fremden Jungen wiederzusehen. August hingegen schien alles andere als begeistert von ihrem Besuch. In einem weißen Flügelhemd stand er vor seinem Bett, eine Hand auf der metallenen Bettkante.

»Wer bist du?« August redete laut, als würde er gegen einen Sturm ankämpfen. Seine Stimme klang tief und rau. Irgendwie älter. Sie passte nicht zu seinem schmächtigen Körper.

»Äh, ja, ich find's auch schön, dich wiederzusehen«, stotterte Juli irritiert, »hier, die sind für dich.« Sie hielt ihm den Tulpenstrauß unter die Nase und der Junge blickte sie verwundert an.

»Du kennst mich?«, entgegnete er ungläubig und mit einem ausländischen Akzent. »Du wissen, wer ich bin?« Hoffnung lag in seiner Stimme, und mit seinen braunen Augen sah er Juli durchdringend an, die nicht wusste, was sie antworten sollte. Zu gerne hätte sie ihm gesagt, wer er ist. Aber sie wusste es ja selber nicht.

»Ja, ich kenn dich …«, stammelte sie, als August sie mit einer unerwarteten Umarmung überfiel. Er drückte Juli so fest an sich, dass sie ihren Körper nicht mehr spürte. Als suche er nach Halt, nach einem Anker. Die Tulpen wurden zwischen ihnen zerquetscht, und Juli wurde dabei so warm, dass sie für einen kurzen Moment wirklich dachte, dass sie Fieber bekommen hatte. Spontanfieber. Schließlich konnte man sich im Krankenhaus ja überall anstecken. Noch nie zuvor war ihr ein Junge so nah gekommen. Was Mira wohl dazu sagen würde?

»Echt? Von wo?« August ließ sie los, schaute sie erwartungsvoll an. Er stand so dicht vor ihr, dass Juli schnell den Blumenstrauß vor ihr glühendes Gesicht hielt.

»Ja! Na ja, ich, also ja …« Zu spät entdeckte sie die Glückwunschkarte, die zwischen den grünen Stängeln steckte und die August in dem Moment herausfischte. Auf der Karte schaukelte ein kleiner Affe über einem Elefanten, der posaunend den Rüssel hob. »Willkommen« stand in geschwungenen Buchstaben unter den Partytieren.

»Alles Gute zur Geburt eurer wunderbaren Tochter Anna-Sophie«, las August ungläubig die Innenseite der Karte vor.

»Also ich kenn dich seit gestern …«, redete Juli sich schnell heraus, »… ich hab dich aus dem Meer gezogen.« Ihr Gesicht lief schon wieder rot an und sie verspürte den innigen Wunsch wegzurennen.

»Das alles sein?«, murmelte August enttäuscht. Juli nickte.

»Tut mir leid«, sagte sie leise, und seine Gesichtszüge fielen zusammen wie ein Kartenhaus. Benommen griff er nach einer der Vasen, die auf dem Besuchertisch der Größe nach sortiert waren, und trank daraus. Verwundert runzelte Juli die Stirn.

»Hey, das ist …«, mitten im Satz hielt sie inne. Ihr Bauch pulsierte noch von Augusts Umarmung, der zurück zu seinem Bett humpelte, um sich Mineralwasser in die Vase nachzuschütten. Er trank in großen Schlucken.

»Und? Lecker?«, fragte der Patient im Nachbarbett mit einer hochgezogenen Augenbraue.

August reagierte nicht, dafür Juli. Sie nahm sich eine kleinere Vase, die sie ebenfalls mit Mineralwasser füllte.

»Auch ein Schluck?« Demonstrativ prostete sie Herrn Canan zu, der sie erstaunt anschaute. Dann drehte sie sich wieder August zu, der sich hingelegt hatte und auf die Seite gerollt war. Juli betrachtete seine verbundene Hand.

»Was hast du denn da gemacht?«

»Keine Ahnung.«

»War das gestern schon?«

»Ich mich nicht erkannt hab«, nuschelte er gegen die Wand. Langsam drehte er sich zu Juli um, mit ernstem Gesicht blickte er sie an, direkt in ihre Augen. »Ich mich nicht erinnern kann, da ist nix mehr, nur Schwarz.«

Juli schluckte. Sie spürte die Verzweiflung in seiner Stimme.

»Kann doch auch ganz gut sein«, gab sie zurück. Ihr Blick wanderte dabei durch das Zimmer und sie entdeckte an seinem Bettende das Patientenschild. Da stand kein Name. Nur das Datum von gestern mit einem Fragezeichen drauf. Eine Welle des Mitgefühls durchströmte Juli.

»Jedenfalls hast du dich erinnert, dass dich ein Mädchen aus dem Wasser gezogen hat, das ist ein gutes Zeichen!«, versuchte Juli, ihn aufzuheitern. August wich ihrem hoffnungsvollen Blick aus und kratzte sich an der Stirn.

»Ich nicht mal mehr meine Namen weiß.«

»August«, erwiderte Juli, ohne zu zögern.

»August?«

Der Junge sah sie an, als hätte sie ihm gerade verkündet, dass er nur noch drei Wochen zu leben hat.

»Ja. Wie der Monat. Es ist ja August und gestern habe ich dich aus dem Wasser gezogen. Also August wie August wie September wie Juli«, sprudelte es aus ihr heraus. In dem Augenblick wünschte sich Juli, stumm zu sein, denn sie hörte sich selber reden und fand es unendlich peinlich. Sie wusste auch nicht genau, was mit ihr los war, aber seit der Umarmung war sie nicht mehr sie selbst. Sie war Nähe einfach nicht mehr gewohnt. Um ihre Unsicherheit zu vertuschen, sprang sie zum Bettende und schrieb mit einem Kugelschreiber den Namen »August« auf das Patientenschild.

»Siehst du. August!«

Stolz lächelte sie August an, der keine Miene verzog.

»Du es nicht checkst!«, schnaubte er fassungslos. »Ich kann mich an nichts erinnern, verstanden?« Voller Wut fegte er die Mineralwasserflasche samt Blumenstrauß vom Nachttisch. In letzter Sekunde sprang Juli zur Seite, um sich vor den fliegenden Gegenständen zu retten, und knallte dabei mit dem Arm gegen das Nachbarbett, wo Herr Canan genervt von seiner Fernsehsendung abließ, um dem jugendlichen Spektakel zu folgen. Befremdet blickte sie August an. Es war eine dumme Idee von ihr gewesen herzukommen. Was hatte sie sich nur dabei gedacht? Sie musste dringend nach Hause. Die Hände wie zur Kapitulation gehoben, bewegte sie sich rückwärts zur Tür, wobei sie August nicht aus den Augen ließ.

»Okay, okay, ich wollte dir ja nur helfen.«

»Ich brauche keine Hilfe!«

»Hab ich verstanden«, sagte Juli kleinlaut.

Augusts dunkle Augen funkelten sie wütend an, und ihr Herz hämmerte so laut gegen ihren Brustkorb, dass Juli glaubte, selbst die Vollnarkosepatienten müssten davon wach werden.

Der Junge schien nur zwei Zustände zu kennen: Wut oder Schweigen. So wie sie, schoss es Juli durch den Kopf.

»Mich gibt es nicht«, seufzte August, diesmal leiser. Juli blieb stehen. Schaute sich im Zimmer um.

»Dann führe ich wohl gerade Selbstgespräche.«

Darauf wusste August keine Antwort. Erstaunt sah er sie an und Juli entging sein Millisekundenlächeln nicht.

»Sie wollen dich übrigens in die geschlossene Abteilung sperren, wenn du so weitermachst.«

»Was ist geschlossen?«, fragte August nach.

»Die geschlossene Abteilung, dort sind die Fälle ohne Hoffnung.«

Juli deutete mit einem Kopfnicken auf den Bettnachbarn, der zustimmend nickte.

»Deine Freundin hat recht. Du bist eine Null im System. Das ist Deutschland«, nuschelte Herr Canan aus seinem Oberlippenbart. »Bloß keinen Unsinn machen, sonst nur Scheiße.« In seinem Schnauzbart hing noch Tomatensoße vom Krankenhausessen, und er grinste dabei, als würde er August die beste Nachricht des Tages überbringen.

»Ich muss hier raus!« August richtete sich in seinem Bett auf.

»Und wo willst du hin? Du weißt doch nicht mal mehr deinen Namen«, brach es aus Juli heraus. Sie kaute nervös auf ihrer Unterlippe. Wenn sie jemand in die Ecke drängte, schlug sie um sich. Besonders verbal.

August riss die Augen auf. Er wollte etwas sagen, doch aus seinem Mund kam nur ein undefinierbares Brummen. Die Wahrheit ließ ihn verstummen. Ohne ein weiteres Wort drehte er sich zur Seite und verkroch sich in seiner Decke, wie ein Krebs in seinem Panzer.

»Hey, bestimmt suchen dich deine Eltern schon«, fügte Juli vorsichtig hinzu, die ein schlechtes Gewissen überkam.

»Du bist ja nicht irgendein Schal, den man verloren hat, von dem man dann nicht mehr weiß, dass man ihn hatte.«

»War das jetzt eine Kompliment?«, nuschelte August, und Juli musste unweigerlich grinsen. In dem Moment wurde die Türklinke heruntergedrückt und Julis Herz sank zwei Etagen tiefer. Erschrocken sprang sie von der Tür weg.

»Oh weh, der Terrier!«, sagte Juli.

»Du meinst wohl der Krankenschwester.«

Juli schaute Augusts Hinterkopf erstaunt an.

»Woher weißt du das?« Gedanken lesen konnte bisher nur ihre Zwillingsschwester. Ängstlich blickte sie zur Tür, wo wider Erwarten nicht der Terrier, sondern eine ohrenbetäubende Großfamilie auftauchte. Das Gesicht des Patienten erhellte sich beim Anblick seiner Verwandtschaft. »Merhaba! Merhaba!«, riefen sie durcheinander, ihr krankes Familienmitglied umringend.

Genervt verkroch sich August noch tiefer unter das Bettlaken, und Juli bahnte sich einen Weg durch die vielen Leute, die mit lautem Kauderwelsch das Zimmer für sich einnahmen. Eine ältere Frau mit einem schwarzen Kopftuch richtete als Erstes den Blumenstrauß wieder her, stellte ihn in Augusts Wasserglas. Das war das Letzte, was Juli sah, als sie das Zimmer verließ, viel zu beschäftigt war sie mit diesem rätselhaften Jungen, den sie August getauft hatte. Und mit der Umarmung, die sie elektrisiert hatte. War das normal?

4. Leinen los!

Die Sonne hing wie eine goldene Kugel über dem Meer, bereit, in den nächsten Minuten in den tiefen Brunnen zu fallen, um dort geduldig auf den nächsten Tag zu warten. Das Haus, in dem Juli aufgewachsen war, lag zwar in der zweiten Meerreihe, die Einfamilienhäuser standen jedoch so versetzt, dass man vom Garten aus zwischen den Dünenhügeln einen Blick auf die Nordsee erhaschen konnte. Einen Spalt Meer, eine Sekunde Sonnenuntergang. Der Geruch von Grillhähnchen und Maiskolben drang in Julis Nase, die nachdenkend in der quietschenden Hollywoodschaukel im Garten lag, Milchreis quer auf ihr, sein sabberndes Kinn in ihrem Gesicht. Sie trug ein weißes T-Shirt, das sie sich bis zum Bauchnabel hochgebunden hatte, ihre blanken Füße gegeneinanderreibend, ein Tick, den sie schon seit Jahren hatte und den Mira immer »Parmesanreibe« genannt hatte. So nah und so weit weg, dachte Juli, die zu gerne mit ihrer Schwester über den seltsamen Jungen gesprochen hätte, der jede Zelle von ihr beschäftigte.

»Wozu sind Erinnerungen überhaupt gut?«, wollte Juli von ihrem Vater wissen, der hinter dem Gasgrill auf der Veranda stand und konzentriert eine Zitronenolivenölmischung über die zischenden Hähnchenschenkel tröpfelte.

»Wie meinst du das?«, fragte Hans, ohne sich umzudrehen.

»Na ja, ist doch vielleicht besser, wenn man alles vergessen würde. Wenn das Gedächtnis jeden Abend gelöscht wird«, fuhr Juli fort, während sie mit einer sanften Handbewegung Milchreis' hechelnde Schnauze beiseiteschob. Er stank aus dem Mund, als hätte er in einen Misthaufen gebissen.

Hans drehte sich zu seiner Tochter um, die Grillzange in der Hand schwingend. »Du meinst, gleich nach dem Zähneputzen?«

»Genau«, erwiderte Juli, und ihr Vater schien ernsthaft über ihre Theorie nachzudenken. Er nahm die Weißweinflasche aus dem Kühlbeutel und füllte sein Glas randvoll.

»Etwa auch die schönen Erinnerungen?«

Juli runzelte die Stirn. Daran hatte sie gar nicht gedacht.

»Ja genau«, stammelte sie. »Was passiert eigentlich bei einer Amnesie?«

Erstaunt blickte Hans Juli an.

»Seit wann interessierst du dich denn für unseren Beruf?«

»Schon immer.«

»Ach ja? Wie schön. Die Psyche des Menschen ist aber auch ein hoch spannendes Gebiet«, erwiderte Hans freudig, und Juli nickte zustimmend.

»Bei einer Amnesie ist das episodische Gedächtnis stark eingeschränkt. Man weiß nicht mehr, wie man heißt, aber man weiß noch, wer der Bundespräsident ist … also ich.« Juli lachte laut auf, das erste herzhafte Lachen des Tages. Ihr Vater schaffte es immer wieder, sie aus ihrem Kopfkino mitten ins Hier und Jetzt zu reißen, dachte Juli.

Mit einem stolzen Grinsen drehte Hans die Hähnchenbeine um, ganz in seinem Element. »Das kann manchmal Stunden, manchmal Tage dauern, bis die Erinnerung zurückkehrt, denn das Gedächtnis spielt gerne Streiche. Das Vergessen schützt unser

Gehirn vor Überlastung, indem es irrelevante Inhalte löscht. Am besten hält man es auf Trab über die Sinne, indem man es triggert mit Dingen, die es mal kannte. Das kann Musik sein, vertraute Orte, Hähnchengerüche ...«

»Halt dich bloß fern von dem Jungen, vielleicht ist er gefährlich«, ertönte Helenes mahnende Stimme, die Julis psychologisches Interesse durchschaut hatte. Anscheinend hatte sie bereits länger in der offenen Terrassentür gestanden und das Gespräch belauscht. Mit einem Brotkorb, der mit einer weißen Stoffserviette verdeckt war, trat sie auf die Veranda, die Haare frisch gewaschen mit Kokosshampoo. Hans warf seiner Frau einen Luftkuss zu, Juli andererseits richtete sich genervt in der Hollywoodschaukel auf, was Milchreis losjaulen ließ.

»Woher willst du das wissen?«, entgegnete sie gereizt. »Du kennst ihn doch gar nicht.«

»Ich hab mich im Krankenhaus erkundigt.«

»Du hast was?« Juli riss die Augen auf.

»Menschen mit einer Amnesie sind unberechenbar. Sie hat immer einen Ursprung. Meistens keinen guten. So und jetzt Abendessen. Ein Stück Brot?« Ihre Mutter streckte Juli den Brotkorb hin.

»Hab keinen Hunger«, antwortete Juli in knappen Stakkatosilben. Ihre Mutter war eine Meisterin darin, von wichtigen Themen abzulenken. Sie war mehr Roboter als Mensch. Ihre Patienten liebten sie für ihre nüchterne Klarheit, Juli hingegen vermisste ihr Verständnis und ihre Wärme. Sie wollte an ihrer Mutter vorbeigehen, doch Helene lehnte sich so dicht neben den gedeckten Abendbrottisch, dass Juli nicht ausweichen konnte.

»Extra lang getoastet, wie du es magst«, bot Helene ihr wiederholt das Brot an. Juli hob abwechselnd ihre Füße, denn die an-

thrazitfarbenen Granitplatten waren von der Sommersonne auf-
geheizt. Was bildete sich ihre Mutter eigentlich ein, sie war nicht
ihre Besitzerin, dachte Juli. Mit trotzigem Gesichtsausdruck nahm
sie die Weinflasche vom Tisch und trank einen großen Schluck
daraus, was Hans, der gerade das Grillhähnchen auf dem Teller
anrichtete, zu einem Lächeln bewog. Helene blieb unbeeindruckt
von Julis Aktion.

»Und, welcher Jahrgang?«, fragte Hans grinsend.

»Man soll nie trinken, wenn man unglücklich ist«, mischte Helene sich ein.

Abrupt setzte Juli die Flasche ab.

»Dann ist Papa ja immer glücklich«, fauchte sie angriffslustig
und nahm aus dem Augenwinkel wahr, wie Hans dabei schluckte.
Das hatte sie jetzt davon. Sobald ihre Mutter den Raum betrat,
flog jedes Gefühl von Leichtigkeit davon wie ein aufgeschreckter
Vogel. Dessen ungeachtet, wiederholte Helene ihre Handbewegung, drückte den Brotkorb gegen Julis halb nackten Bauch. In
dem Moment, als Juli mit einer Wutattacke beginnen wollte, zog
Helene die weiße Stoffserviette beiseite, und zwischen dem aufgeschnittenen Baguette lag ein nigelnagelneues iPhone.

»Mama?«, stotterte Juli perplex. Fast zeitgleich fielen Juli
die Kinnlade und Hans die Hähnchenschenkel herunter. Was
Milchreis, der sonst eher träge war, in einen Windhund verwandelte. Mit einem Satz sprang er zu dem Festessen.

Für einen Moment schämte Juli sich dafür, dass sie ihre Mutter
so abweisend behandelte. In ihrer Nähe konnte sie einfach häufig
kaum atmen. Geschweige denn, das sagen, was sie wirklich dachte.
Das war früher anders gewesen. Da hatte sie sich bei fremdem Besuch hinter ihrer Mutter versteckt, sie war ihre Beschützerin und

nicht ihre Feindin gewesen. Einmal, als eine Kollegin von Helene am Telefon wissen wollte, ob ihre Mutter zu Hause sei, weil sie sie zu einem Termin abholen wollte, hatte Juli prompt gelogen. Sie hatte ihre Mutter für sich haben wollen. Damals. Vor Miras Verschwinden. Mit dem Geschenk hatte sie Juli überrumpelt. Freudig schlang Juli ihre Arme um den Hals ihrer Mutter.

»Danke, Mama«, nuschelte sie in ihre Haare und nahm einen tiefen Atemzug von dem vertrauten Mamageruch, der nach Kokosnüssen und Urlaub roch.

»Schau mal, ob deine SIM-Karte funktioniert, dann hast du alle Daten wieder«, fügte Helene hinzu, die Mühe hatte, das Brot in dem Brotkorb zu balancieren. Sie schien überwältigt von Julis stürmischer Umarmung. Mit ihren Fingerspitzen angelte Juli das Handy zwischen den Brotscheiben heraus, hielt es nur am oberen Ende fest.

»Ich probier's gleich aus. Ist noch warm«, erwiderte sie mit einem ironischen Unterton. Geschickt sprang sie über die aufgeheizten Steine ins Wohnzimmer, um in ihrem Kellerversteck zu verschwinden.

»*Québec*«, riss eine vertraute Stimme Juli aus dem Tiefschlaf. Eingemummelt lag sie in ihrem Versteck, nur die Nasenspitze lugte aus ihrer Frotteebettwäsche heraus. Sie rieb sich die Augen, es musste bereits tiefste Nacht sein, denn durch die schmalen Kellerfenster fiel kein Licht mehr von draußen rein. Zögerlich kroch sie aus ihrem Kokon, und nachdem ihre Pupillen sich an die Dunkelheit gewöhnt hatten, nahm sie den Schatten an ihrem Bettrand wahr.

»Mira?«, hauchte Juli in die Stille der Nacht. Vorsichtig streckte sie die Hand nach ihrer Schwester aus, die mit dem Rücken zu ihr auf der Bettkante saß, direkt neben der Holzleiter, die nach oben zu Miras Etage führte. Ungläubig tippte sie Mira auf die Schultern, die etwas schmaler waren als die von Juli.

Das konnte nicht wahr sein! Tausend Fragen und Gedanken schossen gleichzeitig durch Julis Kopf, doch noch bevor sie etwas sagen konnte, erwiderte Mira voller Ungeduld:

»Jetzt mach halt, es juckt so dolle.« Sie drehte den Kopf, ihre dünnen blonden Haare hingen glatt an ihr herunter, und sie blickte Juli an, die in eine Art lebendige Ohnmacht gefallen war. Es war wirklich Mira. Ihre grün leuchtenden Augen, ihre geschwungenen Augenbrauen, die sich von Julis geradlinigeren Brauen unterschieden, und ihre kleine Narbe am Kinn, wo sie mit den Rollerblades hingefallen war. Ansonsten sah sie aus wie Juli, nur dass sie ein paar Jahre jünger war. Als wäre die Zeit stehen geblieben. Sie war das Kind, das Juli noch vor drei Jahren gewesen war. Träume kannten wohl keine Zeit.

»Québec!«, wiederholte Mira das Wort und deutete auf ihren Rücken. »Schnell, ich halt's nicht mehr aus!« Es klang wie ein Befehl, nicht wie eine Bitte. Schlaftrunken richtete Juli sich auf und bewegte ihre Hand unter den rot gepunkteten Schlafanzug ihrer Schwester, die sich weit über ihre Knie nach vorne gebeugt hatte. Mit ihren kurz geschnittenen Fingernägeln begann Juli, ihrer Schwester den Rücken zu kratzen. »Mehr Richtung Grönland«, korrigierte Mira Juli leise. Wo lag noch gleich Grönland?, dachte Juli, die sich am liebsten selbst in den Oberschenkel gekniffen hätte. Träumte sie oder war sie wach?

Mit Mira zusammen hatte sie das Weltkartenspiel oft gespielt, um an diese toten Stellen am Rücken heranzukommen, die weißen Flecken auf einer Landkarte, wo man sich eben alleine nicht kratzen konnte. Ein Grund mehr, warum es gut war, zu zweit zu sein. Sie waren wie zwei Kinder gewesen, die nicht erwachsen werden wollten. Suchend wanderte Julis Hand nach links, doch Miras Aufbegehren machte ihr schnell klar, dass sie sich geirrt hatte. »Du warst schon immer eine Niete in Geografie«, beschwerte sich Mira, und Juli krabbelte schnell mit ihrer Hand nach rechts. Mira atmete erleichtert auf, als Juli die exakten Koordinaten gefunden hatte.

»Ahh ja, da ist gut«, stöhnte Mira unter Julis sanftem Kratzen. Mira saß so selbstverständlich bei ihr am Bett, als wäre sie nie weg gewesen. Anstatt wie jeden Abend in ihr Brieftagebuch zu schreiben, das sie unter dem Kopfkissen geparkt hatte, hatte Juli den ganzen Abend damit verbracht, die alten Daten der SIM-Karte auf ihrem neuen Handy zu checken. Alle Erinnerungen an Mira waren noch da, sämtliche Fotos und Videos, die sie gemacht hatte. Erleichtert und mit knurrendem Magen, war sie eingeschlafen. Es war Monate her, dass Juli das letzte Mal von ihrer Schwester geträumt hatte, bestimmt hatte der gestrandete Junge damit zu tun. Vielleicht wusste Mira etwas über August.

Noch bevor Juli ihre Schwester befragen konnte, ertönte ihre vertraute Stimme. »Der Junge scheint dich ja ganz schön zu beschäftigen«, stellte Mira nüchtern fest. Sie drehte ihren Kopf zu Juli und blickte sie forsch an.

»Ähh, ja, er ist ganz alleine, er hat sonst niemanden«, verteidigte sich Juli, und es kam ihr seltsam vor, einem Traum Rechenschaft abzulegen. »Ich muss ihm helfen.«

»Du willst dir doch nur selbst helfen«, erwiderte Mira, ihre Schwester fixierend. Ein Duell der Blicke, dem Juli nicht standhalten konnte. Juli zog ihre Hand zurück und senkte den Kopf. Sie presste ihre Lippen fest aufeinander, fühlte sich ertappt. Es war unangenehm. Sie konnte Mira nichts vormachen, nicht mal im Traum.

Trotz der geschlossenen Fenster erfasste ein Windhauch Julis Haar.

»Bist du etwa eifersüchtig?«, fragte sie, all ihren Mut zusammennehmend. Sie hob den Kopf, blinzelte in die Dunkelheit, doch Mira war von ihrer Bettkante verschwunden, in Luft aufgelöst. »Mira! Miraaaa!«, rief Juli so laut, dass ihre eigene Stimme sie aufweckte. Erschrocken richtete sie sich in ihrem Bett auf, rammte mit der Stirn gegen die Etagenbettsprossen. »Aaahhh, verdammt!« fluchte Juli über ihre eigene Dummheit. Sie war jetzt wach. Also wirklich wach. Der pochende Schmerz in ihrem Kopf war der eindeutige Beweis. Sie fasste sich an die Stirn, ihre Augen wanderten dabei suchend durch die Dunkelheit, doch von Mira fehlte jede Spur. Es war nur ein Traum gewesen, einer dieser fiesen Wachträume. Ein vertrauter Geruch stieg ihr in die Nase, und sie hätte schwören können, dass die Hand, mit der sie Miras Rücken gekribbelt hatte, nach ihrer Schwester roch. Nach Zitronentee, Zwieback und irgendwas Süßem. Honig vielleicht, oder Vanille. Und nach ihrem Pokémonschnuffelkissen, das Mira selbst mit zwölf Jahren überallhin mitgeschleppt hatte.

Der Traum der letzten Nacht saß Juli ganz schön in den Gliedern. An Schlaf war nicht mehr zu denken gewesen, und noch vor Anbruch der Morgendämmerung war sie mit dunklen Schatten unter den Augen aus dem Bett geklettert, hatte sich Milchreis geschnappt, um eine ausgedehnte Runde am Strand zu drehen. Sie waren über die welligen Dünenhügel gerannt, Juli vorneweg, Milchreis hechelnd hinterher. Die Sonne ließ sich Zeit beim Aufwachen, im Sand waren noch keine Menschenspuren, die Flut war wie ein präziser Tatortreiniger. Als Juli keuchend die Stelle erreicht hatte, wo sie August aus dem Wasser gezogen hatte, hatte sie sich wie ein Tier nach einer überlebten Hetzjagd den Schock aus den Gliedern geschüttelt. Milchreis hatte sie dabei angesehen, als wäre sie eine Artgenossin, und sein graues, nasses Fell ebenfalls am Strand geschüttelt. Ein lauter Lachanfall war die Folge und das Taubheitsgefühl der letzten Nacht war weiter weggerückt. Seitdem ging es ihr besser.

Die Haare lose zusammengebunden, die Füße in Flip-Flops, in ihrer kurzen abgeschnittenen Lieblingsjeans und einem sonnengelben T-Shirt, stand sie nun mit ihrem Rucksack bei August im Zimmer vor seinem Bett und deutete auf das Fundstück, das zwischen ihren Fingern hin- und herpendelte und das sie in der Früh im Sand gefunden hatte. Und zwar genau an der Stelle, wo August gestrandet war.

»Und, kommt dir die Kette bekannt vor?«, fragte Juli leise. Sie streckte ihm das olivfarbene Lederband hin, das Milchreis kurz nach ihrer gemeinsamen Schüttelaktion aus dem Sand gebuddelt hatte. Erst hatte Juli gedacht, dem Hund hinge eine Alge aus seiner Sandschnauze, denn er hatte eine Vorliebe für Seegras und Grünzeug, doch dann war ihr der Anhänger aufgefallen, ein unförmiges Stück Holz aus Korkeiche.

August schüttelte den Kopf. Blass saß er in seinem Bett, seine Haare standen in alle Richtungen, in seinen Augen lag immer noch der Schreck der vergangenen Tage. Das Krankenhausessen auf dem orangefarbenen Tablett stand unangerührt auf dem Nachttisch. Kein Wunder, dachte sich Juli bei dem Anblick des giftgrünen Desserts, das dreifach in Plastikfolie gewickelt war und wohl so etwas wie ein Pudding sein sollte.

»Zeig«, erwiderte August mit trockener Stimme. So als hätte er lange nicht gesprochen. Juli reichte ihm die Kette mit dem Anhänger und setzte sich zu ihm aufs Bett. Er nahm das Lederband, ließ es durch seine Finger gleiten, fühlte den Kork wie ein Blinder, der Buchstaben ertastete. Erwartungsvoll beobachtete Juli ihn dabei und fügte hinzu:

»Hintendrauf ist ein Buchstabe eingraviert, ich glaube, es ist ein W.«

August schaltete das Wandlicht oberhalb des Bettes ein, um die Rückseite des Korkstücks besser lesen zu können. Er nickte.

»Hmmmm … oder eine M«, antwortete er nachdenklich.

»Ja genau«, entgegnete Juli und zog eifrig eine große Papierrolle aus ihrem Rucksack. Unter Augusts und Herr Canans Staunen – er schaute zum ersten Mal von dem laufenden Fernseher auf – wickelte Juli ihr Werk auf: zum Vorschein kam eine Art Mindmap, ein weißes Papier mit einer diffusen Landkartenzeichnung, rot markierten Kreuzchen, Pfeilen und Kringeln. Oben am Rand des Papiers stand ein rotes großgeschriebenes W, dahinter drei Fragezeichen. Sie setzte ein M dazu.

»Das hier ist deine Augustlandkarte. Hier wurdest du angeschwemmt«, begann Juli ihre Ausführung und deutete auf ein kleines rotes Kreuz am Rand des Meeres, das sie mit einer blauen Wellenbewegung angedeutet hatte. »Wir müssen jetzt schauen, wo du wann wie ins Wasser gefallen bist, um zu rekonstruieren, was genau passiert ist. Vielleicht bist du als blinder Passagier an Bord eines Kreuzfahrtschiffs gewesen, ihr seid dann durch den Ärmelkanal, es kam zum Streit wegen der Papiere, und dann haben sie dich entsorgt«, sagte sie, ohne dabei einmal Luft zu holen. »Wo sollen wir anfangen?«

Ungläubig sah August Juli an, die nervös mit ihren Händen herumfuchtelte und auf deren Stirn sich kleine Schweißtropfen gebildet hatten. Es herrschten bestimmt dreißig Grad in dem Krankenzimmer.

»Wie alt bist du? Das hier ist keine Kindergarten.«

»Ich bin sechzehn, also fast ... in sieben Monaten«, erwiderte Juli kleinlaut. Sie wich seinem abschätzigen Blick aus, kratzte sich an ihrer Wade, obwohl sie nichts gestochen hatte. Vielleicht war ihre Aktion wirklich etwas kindisch, dachte Juli, die mit Mira zusammen in einer Blase aufgewachsen war. In einer eigenen Welt, mit eigenen Spielregeln. Seit Mira fort war, war die Zeit irgendwie stehen geblieben. Und sie auch.

»Die geschlossene Abteilung ist übrigens im zweiten Stock«, warf Herr Canan ein.

»Dort sind die schweren Fälle«, fügte August hinzu. Er reichte Juli die Kette zurück, die sie widerwillig entgegennahm.

»Und wie alt bist DU?«, fragte Juli mit einem aggressiven Unterton in der Stimme. Augusts Worte hatten sie verletzt.

August schüttelte irritiert den Kopf.

»Ähhhh ... ja ...«

»Ach, so alt schon! Na, dann kommst du ja bestens alleine klar. Ich muss zurück in meinen Kindergarten.«

»Hey, tut mir leid«, sagte August leise, während Juli eilig ihre Augustlandkarte zusammenrollte. Dabei stieß sie gegen die Plastikabdeckung des Krankenhausessens.

»Ihhhh, das stinkt, mach weg.« Angewidert drehte August sich zur Seite, was Juli hellhörig werden ließ.

»Magst du keinen Fisch?«

»Ich hasse Fisch!«

»Und warum?«

»Weil es stinkt. Mach zu, bitte«, sagte er mit Nachdruck, und Juli schob schnell den Deckel wieder über das Essen. August meinte es ernst, das sah sie an seiner kalkweißen Gesichtsfarbe. Sie überlegte, sich diese neue Info in seiner Landkarte zu notieren, doch noch bevor sie sich dazu entschieden hatte, richtete sich August in seinem Bett auf.

»Warum machst du das?«

»Was?«

»Das.« August deutete auf die Landkarte.

»Ich will dir helfen«, rechtfertigte Juli sich schnell, wobei sie die Zweifel in ihrer Stimme selbst bemerkte. Sie wich seinem fixierenden Blick aus, ihre Augen wanderten durch den Raum zu dem laufenden Fernseher, der Herr Canan wieder in seinen Bann gezogen hatte.

»Und warum?« August ließ nicht locker. Er kam dabei so dicht an Juli heran, dass sie seinen warmen Atem auf ihrem Gesicht spürte. Es kribbelte überall, obwohl weit und breit keine Ameisen zu sehen waren, und schlagartig sprang Juli von dem Bett auf, völlig überfordert von den vielen Fragen. Was hätte sie auch antworten sollen? *Weil ich dich gefunden habe und weil du mich so schön umarmt hast. Sodass ich für einen kurzen Moment alles vergessen habe. Einschließlich mich.*

»Kann ich kurz die Toilette benutzen?«, lenkte sie schnell ab. »Ich muss so dringend.«

Ohne eine Antwort abzuwarten, stieg sie mit einem großen Schritt über das Papier hinweg, das aufgerollt auf dem Krankenhausboden klebte, um in das angrenzende Badezimmer zu flüchten.

Erleichtert verriegelte sie das Schloss von innen, klappte den Klodeckel herunter und atmete tief durch.

Was trieb sie eigentlich hier, schoss es ihr durch den Kopf, während sie das kleine Bad betrachtete, das von oben bis unten mit cremeweißen Fliesen gekachelt war. Es gab eine barrierefreie Dusche und es roch nach Chlor. Über dem Waschbecken hing ein Spiegel, in dessen Mitte ein faustgroßes Loch klaffte, wovon Hunderte Splitter sternförmig ausgingen.

»Die Toilette ist gesperrt eigentlich«, hörte sie Augusts Stimme von draußen rufen.

»Zu spät«, rief Juli zurück. Wie in Zeitlupe stand sie auf, um das gläserne Kunstwerk näher zu betrachten. Vorher betätigte sie noch den Spülknopf, um sicherzugehen, dass August keine Bedenken an ihrem Ausweichmanöver bekam. Mit ihrer Hand streifte sie vorsichtig über die spitzen Glassplitter des zertrümmerten Spiegels, der jedes Wiedersehen verweigerte. Ein Feuerwerk an Gedanken knallte durch Julis Kopf, laute Böller, Schwärmer und Luftpfeifer. August musste außer sich gewesen sein, als er den Spiegel letzte Nacht zertrümmert hatte, darum hatte er also den Verband an seiner Hand. Vielleicht sollte sie diesmal wirklich auf ihre Mutter hören, weil der fremde Junge tatsächlich gefährlich war. Ein kalter Schauer lief Juli über den Rücken, und sie betrachtete ihre weißen Unterarme, die von Gänsehaut geflutet waren. August war zornig und feinfühlig gleichzeitig. Das hatte Juli bei einem Menschen noch nie so erlebt. Diesen Widerspruch. Außer bei sich selbst, wo ihr Herz eine Dauerunterredung mit ihrem Kopf hatte. So wie jetzt, da ihr Verstand ihr riet, das Krankenhaus so schnell wie möglich zu verlassen und den aggressiven Jungen zu vergessen. Seit er aufgetaucht war, war etwas in ihr getriggert worden, das sie nicht einschätzen konnte.

Etwas, das sie nicht kannte. Ein Gefühl ohne Farbe.

In dem Moment, als sie sich zur Schiebetür drehte, um das Schloss zu öffnen, blitzte ihr Gesicht in einem kleinen Glasstück auf. Eine Scherbe Juli, dachte sie, und der Gedanke versetzte ihr einen Stich. Der Schmerz des Sich-selbst-nicht-Erkennens. Wie musste es August erst ergangen sein?

»Juli! JULI!!!«, rief jemand von draußen, und es war eindeutig Augusts Stimme, die Julis Kopfkrach stoppte. Es war das erste Mal, dass er ihren Namen sagte, oder besser: schrie.

Augusts nackte Füße standen auf Julis Papierzeichnung, stumm deutete er mit dem Finger auf den Fernseher, in dem sich gerade eine antike gelbe Straßenbahn durch eine steile, schmale Gasse schlängelte. Er trug Herr Canans Kopfhörer, aus denen leise Musik drang, dazu summte er etwas in einer Sprache, die Juli noch nie zuvor gehört hatte.

»Hmmm«, murmelte Juli leise. Sie sah zu dem Monitor, wo jetzt ein großer Fluss zu sehen war, und verstand nicht mal mehr Bahnhof.

»Das ist portugiesisch!«, sagte August mit einem ungewohnten Glanz in den Augen. »Lissabon, dir gehört mein Liebe, Lissabon, Mädchen und junge Frau, geliebter Stadt, Frau meiner Leben«, übersetzte er den Liedtext und strahlte Juli dabei so freudig an, dass sie sich nicht gewundert hätte, wenn Herr Canan sich in einen Pfarrer verwandelt hätte, damit sie Ringe tauschten.

»Nicht übel«, warf Herr Canan in seinem Bett sitzend ein. Er war ebenso erstaunt wie Juli, die August ungläubig anstarrte. Geschwind nahm er die Kopfhörer ab und reichte sie Juli, die einen Schritt zurückwich.

»Sorry. Ich muss los, meine Eltern warten auf mich.« Sie schulterte ihren Rucksack und ging zur Tür, während sich Augusts neue Zuversicht offenbar in Luft auflöste.

»Ich dachte, du wolltest mich helfen?«, erwiderte August erstaunt. Eine kleine Falte bildete sich in der Mitte seiner Stirn.

»Ja, aber du hattest recht, ich kann dir nicht helfen«, redete sie sich heraus.

»Aber ich MUSS hier raus!«, schrie August. »Sofort!« Er packte Juli an den Oberarmen und schüttelte sie. Einfach so. Juli riss sich los, mit aller Kraft. Und dann gab sie ihm eine Ohrfeige.

»Hey, du spinnst!«, pflaumte sie ihn an. Ihre Reflexe funktionierten einwandfrei. Sie war selbst etwas verwundert über ihre heftige Reaktion. Und August erst, denn erschrocken wich er vor ihr zurück.

»Jetzt beruhigt euch mal!«, mischte Herr Canan sich ein.

Unsicher stand Juli in der Tür, die Hände fest um die Gurte ihres Rucksacks gelegt.

»Muito obrigada«, zischte August abfällig.

»Viel Glück«, sagte Juli leise, und August sah nicht mal mehr auf, als sie sich von ihm verabschiedete. Ihre Flip-Flops quietschten durch das gesamte Krankenhaus, das sie in drei Meter langen Schritten verließ. Sie ärgerte sich, dass sie nicht ihre Sneakers angezogen hatte, dann hätte sie rennen können, richtig rennen.

Außer Atem erreichte Juli die Einfahrt in ihre Straße. Ihr gelbes T-Shirt klebte an ihr wie eine zweite Haut, so schnell war sie noch nie nach Hause geradelt. Sie war so voll mit Gefühlen und Gedanken, dass es in ihr überschwappte. Was wollte sie wirklich von dem Jungen und warum irritierte er sie so? Er tat ihr leid, ja, aber da war noch etwas anderes, etwas, das sie noch nicht kannte. Trotz der Widerstände fühlte sie so was wie Nähe. Alles in ihr drehte sich plötzlich um diesen Jungen und sie hatte ein schlechtes Gewissen gegenüber ihrer Schwester. Dringend musste sie Mira alles aufschreiben, was in den letzten Tagen passiert war.

Der Anblick ihres Hauses beruhigte sie, vertraute Rasenmähergeräusche drangen aus dem Garten und die alte Frau Hofmann stand mit ihrem Hund am Zaun und inspizierte ihre Rosenhecken.

In Windeseile sprang Juli von ihrem Rad, lehnte es an das Carport und lief ins Haus, die Kellertreppe runter.

Doch als Juli sich in ihrem Etagenbettversteck verkriechen wollte, traute sie ihren Augen nicht. Alles war ausgeräumt. ALLES. Alle Erinnerungsstücke an ihre Schwester, das Bett, die Matratze, ihre Klamotten, die Tischtennisplatte. Das Brieftagebuch! Und obwohl Juli nach Luft japste und ihre Wangen noch von der rasanten Fahrt rot glühten, vergaß sie einen Moment zu atmen. Die Zeit steckte fest, kein Sand in der Uhr, kein Rieseln. Einundzwanzig, zweiundzwanzig, dreiundzwanzig. Ihr Kellerversteck war ihr Herz gewesen, Mira war ihr Herz. Wie sollte sie ohne es weiterleben? Das konnte nicht sein, das war alles ein Scherz, so wie in einem ihrer Wachträume, dachte Juli. Doch das Sonnenlicht, das durch das Kellerfenster schien, und das Getrappel ihrer Mutter über ihr im Erdgeschoss waren pure Realität. Das hier war kein Traum. Bis auf ein paar Holzleisten und zwei Eimer mit Farbe war der Raum komplett leer geräumt.

Keuchend rannte Juli hoch, nahm drei Stufen auf einmal, sprang auf die Straße, vorbei an einem Haufen zerschlagenen Brennholzes, um wie eine Irre dem Sprinter hinterherzurennen, den sie, als sie heimgekommen war, bereits vor der Tür hatte parken sehen und für einen harmlosen Transporter gehalten hatte. Die rote Aufschrift hatte sie erst später gelesen: »Rudolf Mayer – ihr zuverlässiger Entsorgungspartner«.

Es war kein faires Wettrennen, denn sie hatte keine Chance gegen den Sprinter, der bereits am Ende der verkehrsberuhigten Zone angekommen war und sie am Straßenrand zurückließ wie einen ausgesetzten Hund. Mit röchelndem Auspuff nahm er volle Fahrt auf, der Wagen wurde immer kleiner, Julis Tränen immer größer. Sie verlangsamte ihren Lauf, keuchte. Sank auf dem heißen Asphalt zusammen, schlug mit den Knien auf und verdeckte ihr Gesicht mit den Händen, wie ein kleines Kind, das denkt, das beste Versteck der Welt gefunden zu haben. Das Brieftagebuch war weg. Jede Zeile, die sie Mira aufgeschrieben hatte, jede Sekunde, die sie erlebt hatte seit Miras Verschwinden. In ihrem Buch hatte sie die wichtigen Ereignisse für ihre Schwester festgehalten. Damit sie ihr alles berichten konnte, wenn sie wiederauftauchen würde, und sie kein Detail vergaß. Alles brannte in ihr. Der Dialog mit ihrer Schwester wurde ein Monolog, der Schrei eines verletzten Tieres. Den niemand hörte. Zu beschäftigt waren die Nachbarn mit ihren Vorbereitungen fürs Wochenende.

In Juli war plötzlich keine Farbe mehr. Nicht mal mehr Grau. Da war nur eine große weiße Traurigkeit.

Am liebsten wollte Juli ihre Eltern zur Rede stellen, sie anschreien, so laut, dass alle verdammten Weingläser und zurechtgestellten Vasen im ganzen Haus zerspringen würden. Was hatten sie sich dabei gedacht, Juli das zu nehmen, was ihr am liebsten war, den einzigen Ort, wo sie sich sicher fühlte, wo sie Mira so nah gewesen war wie an keinem anderen.

Das Auftauchen der Psychotherapeutenstimme ihrer Mutter in Julis Kopf ließ sie von ihrem Vorhaben abrücken. Julis Geschrei würde eh nur in Helenes Lieblingssatz enden … *Wir haben es doch nur gut gemeint, Schätzchen, das ist nur zu deinem Besten, blablabla.* Juli hatte Helenes gut gemeinten Ratschläge satt, endgültig, ihre Ausreden für ihre Kontrollsucht. Juli schrie ohne Ton. Im Schneckentempo stand Juli auf, außer ein paar parkenden Autos war die Straße leer. Sie blickte sich um und vergrub die Hände in ihrer Jeans. Nichts motivierte sie, nach Hause zurückzugehen. Nicht mal Milchreis, den sie hinter dem Haus den Rasenmäher anbellen hörte. Mit ihren schmalen Fingern stopfte sie Augusts Kette, die aus ihrer Hosentasche baumelte, zurück. Plötzlich wusste sie, was zu tun war. Aus ihrer Verzweiflung wurde Wut und aus dieser Wut heraus traf sie eine Entscheidung. Sie musste weg, so schnell wie möglich. Und nicht alleine.

Liebe Mira! Stell dir vor, Mama und Papa haben alle Sachen von dir weggeworfen, als wollten sie die Erinnerung an dich löschen, dich auslöschen. Aber das lass ich nicht zu. Deine Existenz bedeutet meine Existenz. Immerhin waren wir zusammen im Ei. Wir sind gleichzeitig entstanden. Man kommt zusammen auf die Welt, aber geht nicht zusammen. Wie gemein ist das eigentlich?

Für alles gibt es sofort einen neuen Begriff: Selfiestick, Wutbürger oder Sheesh. Nur für den Schmerz in mir nicht, dieses Brennen, dieses Vermissen von etwas, das es nie wieder so geben wird, wie es mal war. Dieses dämliche Vergehen von Zeit.

Dieses Gefühl, das Glück festhalten zu wollen, und gleichzeitig zu wissen, dass es vorbei ist, dieses kurze Hochgefühl und der darauffolgende Moment von Leere … dieses Tiefgefühl. Warum muss sich alles immer verändern, warum nicht ein Leben führen, wo alles gleich bleibt: die Laune, der Nachbar, selbst die Wolkenform und das Wetter. Haltbare Gefühle, tiefgefroren im Gefrierfach neben den Fischstäbchen. Die hast du doch immer so gerne gegessen. Dann würdest du jetzt neben mir gehen, wir würden uns an den Händen halten, wir würden den Möwenschwarm aufscheuchen und Wetten abschließen, welche Farbe das nächste Auto hat. Wenn man teilt, wird nicht automatisch alles mehr. Oft wird es weniger. Es kommt drauf an, mit wem man teilt. Mit dir hat sich die Zeit verdoppelt, alles wurde mehr. Doch du bist nicht da. Und ohne dich gibt es mich nicht. Deshalb habe ich beschlossen fortzugehen, denn auch wenn Mama und Papa so tun, als hätte es dich nicht gegeben, ich werde dir weiterhin schreiben und an dich denken, immer und immerzu. Das kann mir keiner nehmen.

Seit du fort bist, kommt mir jeder Annäherungsversuch, jedes intensivere Gespräch auf dem Schulhof wie ein Verrat an dir vor. Zusammen waren wir die Welt, zusammen werden wir die Welt bleiben. Niemals werde ich deinen Platz freigeben. NIEMALS!

Irgendwann wirst du das hier alles lesen, hoffentlich. Ich will nicht vergessen, denn das würde bedeuten, dass es dich nie gegeben hat. Wenn niemand an einen denkt, dann gibt es einen auch nicht. Ich weiß, dass du zurückkehren wirst, ich hab da so ein Gefühl. Vielleicht nennt man das auch Hoffnung. An etwas zu glauben, was unmöglich ist. Also fast.

Auf ihrem langen Fußmarsch hatte sie Mira eine Sprachnachricht hinterlassen, dann erst hatte sie das Krankenhaus betreten. Obwohl es noch gar nicht so spät war, schien es im Krankenhaus Mitternacht zu sein. Krankenhäuser hatten auch eine ganz eigene Zeitrechnung, dachte Juli, die durch den Krankenhausflur huschte. Der Tag fing hier um fünf Uhr in der Früh an, und die Nacht begann nach dem Abendessen, also um sechs Uhr. Und bei Notfällen gab es weder Tag noch Nacht, nur ewige Sekunden. Nicht nur jeder Mensch hatte seine eigene Zeitrechnung, auch jedes Gebäude. Juli wischte ihre unsinnigen Gedanken beiseite, dabei entdeckte sie, wie der schnelle Puls unter ihren dünnen Adern schlug. Hastig blickte sie sich in dem menschenleeren Flur um, drückte vorsichtig die Klinke von Augusts Zimmertür herunter, in der Hoffnung, dass August aus ihrem wagen Plan ein konkretes Abenteuer werden ließ. Doch Fehlanzeige. Unter Herrn Canans Schnarchen trat sie an Augusts Bett heran, der tief und fest schlief.

„August, ich bin es", hauchte Juli leise und griff nach seinem nackten Arm, um daran zu schütteln. August regte sich nicht, und erst jetzt stellte Juli fest, dass seine Arme an das Krankenbett fixiert waren. Sie hob die Decke hoch, wo auch seine Beine in Ledergurten steckten. Juli hielt den Atem an. Was war passiert? Sie schüttelte August so lange aus seinem medikamentösen Tiefschlaf wach, bis er endlich die Augen öffnete.

»Nicht, nao«, nuschelte er verwirrt.

»Ich bin's, Juli. Los, wir müssen hier raus.«

Juli beugte sich tief über sein Gesicht, bis sie in seinen Augen sah, dass er sie erkannte.

»Juli!« Erleichterung lag in seinem Blick und echte Freude.

Das bildete sich Juli diesmal nicht ein. Danach ging alles rasend schnell, beinahe wie ferngesteuert. Wie in einem Film. Juli öffnete die Gurte, warf August Herr Canans Jacke über, stützte ihn ab, fischte die Augustlandkarte aus dem Müll, dann traten sie in den Flur. Es war verrückt, aber Julis Angst war plötzlich verflogen. Wie es schien, hatte sie gesunde Fluchtinstinkte. Das war bei ihr schon immer so gewesen. Nachdem sie den Gipfel der Angst erklommen hatte, kam die Freiheit. Die Freiheit, Dinge zu tun, die sie noch nie zuvor getan hatte. Trotz war ein starker Motor. Und ja, sie war so sauer auf ihre Eltern und fühlte sich so ungerecht behandelt, dass sie ohne nachzudenken die Handtasche der Nachtschwester stibitzte, als sie durch den dunklen Krankenhausflur Richtung Aufzug huschten. Sie hatten Glück, denn das Stationszimmer war nicht belegt. Ein Patient hatte den Hilfeknopf gedrückt.

Juli staunte nicht schlecht, als sie in derselben Nacht nach dieser legendären Befreiung mit August auf dem Parkplatz des Klinikums stand.

Sie hatte ja keine Ahnung gehabt, dass ausgerechnet die Scheinwerfer eines pinken Corsas aufleuchten würden, als August sich durch die parkenden Autos klickte.

Konnte August etwa Auto fahren, und wenn ja, woher?

»Na los, worauf warten du denn noch?«, fragte August, der bereits hinter dem Lenkrad saß. Er hielt Juli die Beifahrertür von innen auf und sah sie auffordernd an.

»Äh, kannst du überhaupt fahren?«, fragte Juli. Sein vernebelter Blick verriet das Gegenteil.

»Das wir gleich wissen.«

»Äh, bist du schon achtzehn? In Deutschland darf man erst …«, plapperte Juli weiter, deren Herz unter ihrem T-Shirt schneller schlug als das eines Kolibris. »Wohin fahren wir eigentlich?« Der Zweifel breitete sich in ihr aus wie ein Gift.

»Nach Portugal?«

»Aber das ist kein Dorf.«

»Das weiß ich auch.«

»Und was, wenn du ein Serienmörder bist?«

»Dann du Pech gehabt hast. Jetzt steig endlich ein!«

Juli rührte sich nicht vom Fleck. Wer war dieser August eigentlich? Sie presste ihre Lippen aufeinander, suchte nach einem Argument, nicht in den Wagen einsteigen zu müssen, an dessen Rückspiegel ein Rosenkranz baumelte.

Doch sie wusste nicht, wohin. Nach Hause würde sie nicht zurückkehren. So viel stand fest. Der Akku ihres iPhones zeigte noch drei Striche an. Und siebenundzwanzig Anrufe in Abwesenheit. Natürlich von ihrer Drohnenmutter.

»Wissen dein Eltern eigentlich Bescheid?«, fragte August, als hätte er ihre Gedanken erraten. Das würde ein Serienkiller nicht fragen, schoss es Juli durch den Kopf. Oder vielleicht doch?

»Äh, ja. Die sind im Urlaub«, log sie prompt. Sie wich seinem fixierenden Blick aus und lugte über das Autodach, wo sie eine Frau entdeckte, die auf den spärlich beleuchteten Parkplatz zugesteuert kam.

»Echt? Hast du nicht gestern gesagt, dass dein Eltern auf dich warten?« Verwunderung lag in seiner Stimme, und auf Julis innerem Bildschirm ploppte eine Statusmeldung auf: *Wie kann man nur so doof sein?* Daran hatte sie gar nicht mehr gedacht.

»Sind heute los«, nuschelte sie, ohne August anzusehen. In dem Moment sprang das Auto an, und Juli hätte es nie für möglich gehalten, dass das Motorengeräusch eines kleinen Corsas ihr einen Endorphin-Schub geben würde.

»Mein Auto«, rief gleichzeitig eine panische Stimme, und unter dem Licht einer Laterne tauchte das Gesicht der Krankenschwester auf. »Na wartet, ihr Rotzlöffel!«

August krallte die Hände um das Lenkrad. Juli stand wie festgewachsen an der Beifahrertür.

»Steig ein, verdammt!«, flehte er sie an. Seine Haare klebten an seiner feuchten Stirn fest, durch den Verband um seine Hand drang frisches Blut, was ihm etwas Kriminelles verlieh. Doch Juli hatte keine Wahl. Sie blickte zu dem Terrier, der immer näher kam und nur noch zehn Meter entfernt war, dann stieg sie zu August ins Auto.

»Bist du denn gefährlich?«, brach es aus ihr heraus. Bevor sie losfuhren, brauchte sie Gewissheit. Nervös rieb sie die feuchten Hände an ihren Oberschenkeln.

»Wenn ich das nur wüsste«, entgegnete August, den Blick auf die wutentbrannte Frau gerichtet. Mit einem krächzenden Geräusch schoss der Corsa haarscharf vorbei an der schnaubenden Krankenschwester, die im letzten Moment zurückwich.

»Hey, mein Auto!«, japste sie, klopfte dabei kräftig auf das Autodach. Sie erwischte den Rückscheibenwischer, hielt ihn fest, als hätte sie das Auto wieder an der Leine und das Gefecht gewonnen. Doch in dem Moment drückte August das Gaspedal durch. Im zweiten Gang ruckelte der Corsa los und Juli konnte gerade noch die Tür im Fahren schließen. Das Letzte, was Juli durch den Seitenspiegel wahrnahm, war die fluchende Krankenschwester, die ihnen mit wedelndem Scheibenwischer in der Hand hinterherrannte. Im Fahren schmiss Juli die Handtasche in einem Anflug von schlechtem Gewissen auf die Straße.

»Spinnst du? Wir brauchen alles Geld«, blaffte August sie an.

»Aber es gehört nicht uns«, rechtfertigte sich Juli.

»Und das Auto?« Kopfschüttelnd blickte August Juli an, lenkte den Corsa mit quietschenden Reifen auf die Landstraße, Richtung Autozug, denn klar war, dass sie die Insel noch in dieser Nacht verlassen mussten.

»Dafür, dass du dich an nichts mehr erinnern kannst, kannst du aber gut Auto fahren«, nuschelte Juli mit einem unsicheren Lächeln. Es war verrückt, sie waren verrückt. Und trotzdem fühlte es sich gut an, mit dem Jungen aus dem Meer zusammen zu sein und ein gemeinsames Ziel zu haben. Sie würde ihm helfen, sich zu erinnern, er würde ihr helfen zu vergessen.

5. RÜCKENWIND

Zweitausendsiebenhundertdreiundfünfzig Kilometer, dreißig Stunden und zwanzig Minuten. Und das, obwohl sie bestimmt schon seit drei Stunden unterwegs waren. Juli schluckte beim Anblick der Zahlen auf ihrem Handydisplay. Als Ziel hatte sie einfach mal Lissabon eingegeben, Portugals Hauptstadt. Sie saß senkrecht auf dem Beifahrersitz, die nächtliche Autobahn war nahezu leer, nur ein paar Lkws schlängelten vor August die Straße entlang. Der Corsa wirkte zwischen den Trucks wie ein Kinderspielzeug. Der Horizont war schwarz, kein Mond, keine Sterne, dafür wehte ein lauer Sommerwind durch das heruntergekurbelte Fenster hinein. Auf ihren Knien hatte sie die Augustlandkarte ausgebreitet, daneben hielt sie eine Europakarte. Google Maps hatte ihr Orientierungsgefühl verdorben, und um Akku zu sparen, würde sie ab jetzt die Karte nutzen, die sie in dem Handschuhfach des Autos gefunden hatte. Niemals hätte sie es für möglich gehalten, dass da so viel Zeug reinpasste: eine Taschenlampe, zwei Unterhosen, ein weißes T-Shirt, sieben CDs, Fahrzeugpapiere, Verbandszeug, ein Krimi, fünf Energieriegel und drei Werther's Original, eine Packung Salbeibonbons, ein Päckchen Kaugummi, eine angebrochene Schachtel Zigaretten, ein Duschkopf und zweiunddreißig Euro vierzig, womit sie bereits den Autozug bezahlt hatten. Den Rest hatte Juli von ihrem Taschengeld beigesteuert. Die pinke rollende Discokugel stellte sich als perfektes Fluchtauto heraus. Noch beflügelt von dem Gefühl des Aufbruchs, schüttelte Juli den Kopf, wie um ihre Skepsis zu vertreiben. »Am besten fahren wir die Küste entlang, falls du dort irgendwo ins Meer gefallen bist, dann erkennst du vielleicht den ein oder anderen Ort wieder.«

»Sollen wir auf dem Kopf fahren?«, entgegnete August, der bislang kaum ein Wort gesprochen hatte und konzentriert hinter dem Lenkrad saß.

Mit einem schiefen Lächeln drehte Juli die Karte herum.

»Ups.«

»Wie weit es ist bis Portugal?«, wollte August wissen. Obwohl er sich eins der frischen T-Shirts übergestreift hatte, war er nass geschwitzt. Mit einem Kopfnicken deutete er auf Julis Handydisplay, die es reflexartig von ihm wegdrehte.

»Ein Katzensprung«, antwortete Juli wie aus der Pistole geschossen. Sie grinste August unschuldig an, der keine Miene verzog.

»Willst du verarschen mich?«, platzte es aus ihm heraus. Er sagte es so laut, dass Juli zusammenzuckte. Unverwandt starrte er Juli an, die vor ihm zurückwich und sich, so weit es ging, nach rechts in ihren Sitz presste.

»Du musst nach vorne schauen«, warnte sie August, der sie mit seinen wütend funkelnden Augen fixierte.

»Willst du fahren?«, erwiderte er und drückte aufs Gaspedal, sodass der voranfahrende Lkw ihnen bedrohlich nahe kam.

»Wo hast du eigentlich Auto fahren gelernt? Du hast nie auf meine Frage geantwortet, ob du schon achtzehn bist! Ich dachte, du bist jünger.«

»Du nervst!«

Kapitulierend hob Juli die Hände, streckte ihm das Display ihres Telefons hin.

»Ist ja schon gut, hier, es sind …«, doch weiter kam sie nicht, denn in diesem Moment vibrierte ihr iPhone. Vor Schreck stieg August auf die Bremse, wobei Juli ihr Telefon aus der Hand glitt, um nach einem Salto hart auf dem Armaturenbrett aufzuschlagen. Es landete unter dem Autositz und vibrierte unbeeindruckt weiter. Erleichtert atmete Juli aus, beugte sich nach vorne und fischte es unter dem Sitz hervor. Das Handy war alles, was sie hatte, die einzige Verbindung zu Mira und zu ihren Eltern. Der Rosenkranz baumelte wild auf und ab, August fasste sich schnell wieder und gab Gas. Was hat sie sich nur dabei gedacht, zu diesem fremden Jungen ins Auto zu steigen, schoss es Juli durch den Kopf. Das glich einem Selbstmord. August war kein schlechter Autofahrer, aber das hieß noch lange nicht, dass Juli sich an seiner Seite sicher fühlte. Der weltbeste Autofahrer war ihr Vater, dachte Juli, und für eine Millisekunde vermisste sie plötzlich dieses Überbehütetsein, die schlechten Witze von Hans und die gut gemeinten Ratschläge ihrer Mutter. Warum vermisste man immer das, was man nicht hatte? Schon ein bisschen Distanz ließ diese Sehnsucht entstehen, die nichts mit dem zu tun hatte, wie es in der Realität war. Das Gedächtnis war ein Lügner. So viel stand fest.

»Wer ist denn M?«, stoppte August Julis Gedankenflut. Der Corsa hatte wieder volle Fahrt aufgenommen, so als wäre nie etwas passiert, und Juli blickte August überrascht an. Sie griff nach hinten, um sich eine Wolldecke über ihre nackten Beine zu legen, die sie auf dem Rücksitz entdeckt hatte. Trotz der lauen Temperaturen fröstelte sie etwas.

»Meine Schwester«, log Juli. Ihr fiel auf die Schnelle nichts Besseres ein, und sie wollte nicht, dass August wusste, dass ihre Mutter ihnen bereits auf den Fersen war. Bestimmt hatte sie schon die Polizei alarmiert.

»Wollte sie nicht mit?«, entgegnete August mit aufheulendem Motor, wechselte, zu spät, in den fünften Gang.

»Nein«, nuschelte Juli, die sich die Decke bis zur Nasenspitze hochzog. Augusts Fragerei nervte sie.

»Neunundneunzig Anrufe in Abwesenheit«, ergänzte August seine Feststellung.

»Hast du das etwa alles auf meinem Display lesen können? Dafür, dass dein Gehirn verlangsamt ist, funktionieren deine Augen umso besser«, blökte Juli zurück.

August nickte bestätigend. Er sah Juli aus dem Augenwinkel an. Juli meinte, darin ein Lächeln zu erkennen, eine Freundlichkeit, die sie bisher noch nicht an ihm entdeckt hatte und die ihm gut stand. Sofort gewann sie wieder etwas Zutrauen.

»Meine Schwester ist mir sehr nah, und wir teilen alles«, sprach Juli leise, ihr Gesicht abgewandt. In dem Moment überholte sie ein Camper von rechts und für einen Moment spiegelte sich Julis Gesicht im erleuchteten Seitenfenster. Ihr Spiegelbild versetzte Juli in Schockstarre.

»Alles?«, wiederholte August ihre Worte, den Blick fest auf die Straße gerichtet. »Und warum sie ist dann nicht dabei?«

Sie ist ja hier, du siehst sie halt bloß nicht, hätte Juli am liebsten geantwortet, doch sie wusste, wie blöd das klang. Mira war immer dabei. In ihr. In ihrem Herzen. Wie sollte sie das einem Jungen verständlich machen, der nicht mal seinen Namen wusste? Augusts herzhaftes Gähnen war ein Grund mehr, ihre Gedanken nicht auszusprechen, stattdessen schaltete sie das Radio ein.

»Vielleicht erkennst du ja einen Song. Über die Sinne kommt oft die Erinnerung wieder«, wandte Juli ein, während sie nach einem Sender suchte. Auf Antenne Sylt lief erst »Molotov« von Seed, anschließend ertönte ein Schmusesong von Justin Bieber. Bei allen Songs schüttelte August den Kopf.

»Nichts. Leider«, seufzte August müde. Die letzten vier Stunden hatten beide Kraft gekostet.

»Wir können auch ›Wer bin ich‹ spielen?«, wagte Juli einen neuen Anlauf, ein zweiter Versuch, August und sich wach zu halten. »Also, du musst dir ausdenken, wer du bist, und ich muss dir dann Fragen stellen. Du darfst nur mit Ja oder Nein antworten, okay?«

Augusts Antwort war zwar ein zustimmendes Brummen, sein Gesichtsausdruck verriet jedoch, dass er keine Ahnung hatte, wovon Juli sprach. Dieser Junge hatte noch nie im Leben etwas gespielt, geschweige denn, herumgealbert, dachte Juli. Ganz anders als sie, die noch nie *nicht* gespielt hatte. Mit Mira zusammen hatte sie sich immer etwas ausgedacht. Sie hatten die Nachbarin aus der Ferne beim Straßefegen beobachtet und sie imitiert oder sich eine Lebensgeschichte für die neue Sportlehrerin ausgedacht, die sie über die Tartanbahn gescheucht hatte, als wäre sie die erste Frau beim Militär gewesen. Sie kannte tausend Spiele, dafür hatte sie noch nie einen Zungenkuss gegeben. Nur mit der Sprudelflasche hatten Mira und sie geübt. So kindisch Juli sein konnte, so erwachsen war August.

»Okay, ich fang an«, sagte Juli. »Bist du ein Mensch?«

»Nein«, antwortete August knapp. »Hast du was zu essen dabei?« Erstaunt blickte Juli August an, der mit einem Finger auf ihren Rucksack deutete, der im Fußraum unter ihr lag. So eine Ernsthaftigkeit hatte Juli bei einem Jungen noch nie erlebt.

»Ähh, ich weiß nicht«, stammelte sie verwirrt von seiner Gegenfrage.

»*Du darfst nur mit Ja und Nein antworten*«, äffte August sie nach. Ohne dabei zu lächeln, griff er nach dem Handschuhfach, um sich die Energieriegel zu schnappen, die er mit den Zähnen aufriss. Wie ein ausgehungertes Raubtier.

Unbefriedigt ließ Juli sich zurück in den Sitz fallen, den Blick aus dem Seitenfenster, wo dunkle Baumschatten am Straßenrand vorbeihuschten. Langsam wich die Angst einer bleiernen Müdigkeit, mit angewinkelten Knien kauerte sie sich in den Beifahrersitz und schloss die Augen. Sie bemerkte noch, wie August ihr Handy nahm, um die Fahrstrecke zu checken, hörte sein portugiesisches Fluchen über die Tausende von Kilometern, und auf seine Frage, ob sie an alles gedacht hatte, antwortete sie nur mit einem schläfrigen Grunzen. Denn die Wahrheit war, sie hatte an gar nichts gedacht, und in ihrem Geldbeutel befanden sich noch zwei Euro fünfundvierzig.

Sommer. Sonne. Und lautes Gehupe. Juli stand mit einem Ersatzkanister, den sie aus dem Kofferraum gefischt hatte, am Seitenrand einer stark befahrenen Autobahn. Die Morgensonne schien Juli ins Gesicht, die sich ihre Unsicherheit nicht anmerken ließ, denn ein leerer Magen, ein leerer Geldbeutel und ein leerer Tank waren das Resultat ihrer langen Fahrt. Der Corsa stand schief auf dem Seitenstreifen, gerade noch hatten sie es bis über die holländische Grenze geschafft, bevor die Tanknadel endgültig auf der Null gelandet war. Völlig übermüdet, mit fünf Müsliriegeln und zwanzig Kaugummis im Bauch, stemmte sich August aus dem Wagen. Noch im Auto hatte Juli ihm gestanden, dass sie weder Geld noch etwas zu essen eingepackt hatte. Außer ihrer Hoffnung, die unverwüstlich war, hatte sie kein Gepäck.

»Wir müssen nur die Straße überqueren«, rief sie August zu, übertönt von den vorbeirasenden Autos. Dabei schwenkte sie den Kanister hoch in die Luft, deutete damit auf die Gegenfahrbahn, wo neben einem lichten Birkenwäldchen eine Raststätte zu sehen war. »Da ist 'ne Tankstelle!«

»NUR über die Straße?«, wiederholte August schreiend ihre Worte, zog sie vor einem ausschwenkenden Lkw zurück, der auf dem Seitenstreifen gefahren war. Gleichermaßen erschrocken von dem Lkw und Augusts Berührung, wich Juli zurück, stolperte beinahe.

»Hey«, pflaumte sie ihn an, scheuchte die Berührung weg wie ein Insekt, das sie verfolgte. August ignorierte ihre Geste, nahm ihr den Kanister ab und ging damit schnurstracks über die Autobahn.

»AUGUST!«, rief Juli entsetzt, die Augen weit aufgerissen. Sie wollte ihm folgen, doch sie traute sich nicht. Die vorbeifahrenden Autos hupten wie wild, wichen August aus, als sei er der Messias persönlich. Auf dem schmalen Grasstreifen in der Mitte der Autobahn angekommen, drehte er sich winkend zu ihr um. Mit einem triumphierenden Grinsen im Gesicht rief er ihr zu: »Na los, komm schon!«

Juli blickte sich suchend um, doch da war niemand, der ihr helfen konnte. Sie nahm all ihren Mut zusammen, schulterte den Rucksack, ballte ihre Hände zu Fäusten, schaute noch mal auf ihr Handy, ohne zu wissen, worauf sie dabei hoffte, blickte nach links, wo sich eine Autolücke abzeichnete, dann lief sie los. Atemlos erreichte sie August, der in der Mitte der Autobahn auf sie wartete.

»Dass du Angst hast, hast du wohl auch vergessen, was?«, keuchte sie mit hochrotem Kopf. Ohne auf ihre Frage zu antworten, nahm er ihre Hand und hielt sie fest. Sie wollte sich herauswinden, wie ein Hund, der den Regen abschüttelte, aber der Griff war fest. Er zerrte sie über die nächste Doppelspur und unter gellendem Hupen und quietschenden Reifen überquerten sie die zweite Hälfte der Autobahn. Für einen Augenblick schloss Juli die Augen, sah sich schon eine Etage tiefer unter der Erde den Regenwürmern Gute Nacht sagen, doch dann hatten sie es geschafft. August ließ ihre Hand los, seine Wangen glänzten unter dem verrutschten Käppi, das er von der Rückbank des Kofferraums gefischt hatte.

»Ich brauche keine Hilfe, okay«, blaffte Juli August an, ihre Hand schnell in ihrer Hosentasche versenkend, damit sie niemand mehr stehlen konnte.

»Dann wir haben ja was gemeinsam«, konterte August, und für einen Moment trafen sich ihre Blicke. Süße Grübchen bildeten sich auf seinen Wangen und Juli hob die Augenbrauen.

»Lächelst du etwa gerade?«, fragte sie erstaunt.

»Nein«, entgegnete August, wobei er erst recht lächeln musste.

Es war wirklich seltsam, obwohl August so fremd und unberechenbar war, spürte sie tief in sich drin, dass sie ihm vertrauen konnte. August war wütend, aber er war nicht gefährlich.

Ach, das tat gut, seufzte es in Juli, die auf dem Weg zur Tankstelle über Augusts Antwort nachdachte.

Es stimmte, sie hatten wirklich etwas gemeinsam. Nur was? Es gab immer etwas, das die Menschen verband. Ihre Eltern teilten denselben Beruf, ihre Nachbarn liebten beide Zwergkaninchen, mit ihrer Schwester hatte sie die Welt geteilt.

»Träumst du, oder du haben mich gehört?«, unterbrach August Julis Kopfkino. Er stand dicht vor einem Süßigkeitenregal, rollte genervt mit den Augen. Juli sprang mit ihren Gedanken zurück auf ON, und mit einem entschuldigenden Lächeln drehte sie sich zu August, der auf der anderen Seite des Regals stand.

»Äh, ja, wie noch mal?«, fragte sie einen Zacken zu laut. Sie beugte sich zu ihm vor, während August den Zeigefinger auf seine Lippen presste, bevor er seine Anweisungen wiederholte. In seiner Stimme lagen Anspannung und Ungeduld.

»Das Wichtigste ist, zu bleiben locker und auf keine Fall umschauen, okay?« Noch während August redete, drehte sich Juli nach allen Seiten um. Blickte in die Augen des jungen Kassierers, der sie neugierig musterte. Zum Glück trat eine Kundin, die es eilig hatte, in ihren Weg. Juli hatte das Gefühl, alle Menschen in dem Tankstellenshop müssten ihr Herz wummern hören. Angestrengt wandte sie sich zu August, beobachtete, wie er eine Tüte saure Stäbchen und eine Packung Butterkekse unter seiner Jacke verstaute.

»Na super, das ja wunderbar klappt mit ihr«, grummelte er, ohne sie anzuschauen.

»Nimm wenigstens die anderen«, entgegnete Juli, die auf die Tropifrutti-Gummibärchen zeigte, was Augusts Unmut nur verstärkte.

»Geht's noch? Du jetzt kaufst etwas und ich geh einfach raus mit die Sachen. Das Beste ist zu tun, als wäre es die Normalste auf die Welt. Okay?«

»Okay«, gab Juli nach. Noch nie zuvor hatte sie etwas gestohlen. Bei August schien das anders.

»Woher kannst du das?«, wollte sie wissen, doch Augusts Antwort war ein stummes Schulterzucken. Er bückte sich hinter das Regal und gehorsam folgte Juli Augusts Plan, fischte ein paar Tropifrutti aus dem Regal und wankte zur Kasse. Ihre Knie waren aus Softgummi, und ihre innere Stimme rief ihr zu: *Lauf!* Aus dem Augenwinkel beobachtete sie, wie August voll beladen die Tankstelle verließ und sogar noch die Tür aufgehalten bekam von einer Kundin, die auf dem Weg zu ihrem Auto war. In dem Moment fiel Juli die Tüte Gummibärchen herunter, was den Tankwart aufschauen ließ.

»Das macht zwei Euro achtunddreißig«, sagte er. »Auch getankt?« Er sprach die Worte in Zeitlupe, und Juli bemerkte, dass seine blauen Augen etwas verschleiert waren, umgeben von einem hellen Nebel. Dahinter lag nur Gutes. Er blickte nach draußen, um Julis Auto zu suchen, die nervös ihren Rucksack durchsuchte.

»Nein, hier ist das Geld«, erwiderte sie mit zitternder Stimme, »ich bin zu Fuß da.« Sie warf ihre Münzen auf den Tresen, verblüfft sah der Kassierer sie an. Bestimmt roch er ihren Angstschweiß oder hatte er etwa August entdeckt? Juli vergaß zu atmen. Einundzwanzig, zweiundzwanzig, dreiundzwanzig. Als wäre er der Hauptgewinn, strahlte sie den Tankwart an, der in ein schallendes Lachen ausbrach.

»Ja, und ik bin hierhin geflogen«, scherzte er in gebrochenem Deutsch zurück. Ohne nachzuzählen, nahm er Julis Kleingeld und ließ es in der aufspringenden Kasse verschwinden. Gebannt stand Juli vor ihm. Das Seltsamste war, dass er gar nicht mehr aufhörte zu lachen. Juli holte tief Luft, und in großen Schritten verließ sie mit ihrer Beute die Tankstelle, atmete erst wieder auf, als sie aus dem Sichtfeld des Tankwarts war. Erleichtert blickte sie sich nach August um, der nirgends zu entdecken war. Nicht hinter dem roten Cabriolet, dessen Besitzerin wie ein Filmstar einstieg, nicht hinter dem Lkw mit dem gelben Kennzeichen.

»August!«, rief Juli leise. Sie erhielt keine Antwort. Suchend drehte sie sich nach allen Seiten um, rannte zur Toilette, die frei war, huschte ein weiteres Mal an der großen Glasscheibenfront des Shops vorbei, in der Hoffnung, dass der Tankwart sie nicht wahrnahm. Wo war August? Hinter der Tankstelle grenzte direkt der Birkenwald an, davor standen zwei Picknicktische, die schon oft benutzt und noch nie sauber gemacht worden waren. Während Juli sich zehn Gummibärchen auf einmal in den Mund stopfte, wanderte ihr Blick zwischen den weiß gefleckten Bäumen hindurch. Plötzlich hörte sie auf zu kauen, spuckte die bunte Gummibärchenmischung in ihre Hand, sortierte eine halb zerkaute Banane heraus. Der Anblick der tropischen Gummifrucht versetzte ihr einen Stich, getroffen von Erinnerungen, Parasiten, die den Raum hinter ihrem Herzen überfielen. Fieberhaft fing sie an, die Bananen auszusortieren, verstaute sie in dem Seitenfach ihres Rucksacks. Anschließend setzte sie sich auf die verdreckte Bank, tippte in ihr Handy:

Liebe Mira, wo bist du nur? Ich würde den Himmel anschreien, die Erde küssen und das Meer umarmen, wenn ich nur wüsste, dass du jetzt in dem Moment auftauchen würdest. Jetzt! Dann wäre alles gut. Wenn du nur wüsstest, wo ich gerade bin. Ehrlich gesagt, weiß ich es auch nicht ganz genau, irgendwo auf einem Rastplatz hinter der holländischen Grenze. August und ich sind abgehauen. Wir wollen nach Portugal, oje, jetzt sage ich schon »wir«. Sorry! Ich kenne ihn gar nicht, wie auch, er kennt sich ja selbst kaum. Kurz habe ich gedacht, dass ich ihm trauen kann. Aber ich weiß es nicht mehr. Er ist weg. Hat mich einfach sitzen lassen. Alleine. Vielleicht hatte Mama recht, und er tut nur so, als ob er sich an nichts erinnert. Alles an ihm ist mir fremd. Seine dunklen Schattenaugen, seine laute Art zu schweigen, sein unberechenbares Verhalten, wild wie ein Pirat, der noch nie einen Fuß auf das Festland gesetzt hat. Gleichzeitig geht eine magnetische Anziehungskraft von ihm aus. Ich kann mir das nicht erklären. Noch nicht. Vielleicht liegt es daran, dass er genau im richtigen Moment schweigt. So als hätte er einen emotionalen Kompass, der mich aufspürt. Der einzige Mensch, der das bislang konnte, bist du. Tut mir leid, dass ich dich jetzt schon mit ihm vergleiche. Das geht gar nicht. Ich drehe mich jetzt um und dann stehst du einfach vor mir, okay? Eins, zwei, drei ... PS: Die Bananen hebe ich für dich auf.

Niemand stand hinter ihr und der Anblick der trostlosen Tankstelle verschlimmerte das Loch in ihrer Mitte. Hastig verstaute sie die Gummibärchen, rannte ein weiteres Mal um die Raststation herum, um August zu suchen, von dem jede Spur fehlte. Vielleicht war er mit jemandem mitgefahren, hatte sie sitzen lassen, hatte sie vergessen. Sie konnte keinen klaren Gedanken fassen. Der Zweifel war ihr Feind und ihre Gefühle fuhren Achterbahn. Rote Flecken bildeten sich auf ihrer hellen Haut, ein Blick auf ihr Handy verriet, dass ihr Akku noch fünf Prozent hatte. Beobachtet von zwei Motorradfahrern, die mit ihren Maschinen an den Zapfsäulen parkten, presste sich Juli an die Seitenwand der Tankstelle. Hockte sich hin, durchwühlte ihren Rucksack, in der Hoffnung, ihr Ladekabel zu finden. Verflucht! Wie naiv sie gewesen war, einfach aufzubrechen. Noch nie war sie alleine irgendwo gewesen. Mit Mira zusammen war sie stark gewesen. Geschützt vor der Außenwelt. In Juli braute sich ein Sturm zusammen, dunkle Wolken zogen auf und ihre Zuversicht wich einem Gefühl der Beklemmung. Ein Gefühl, das sie gut kannte. Kurzatmig scrollte sie durch ihr Handy, auf der Suche nach der Nummer ihrer Mutter, M.

»Verrätst du uns jetzt, oder was?«, fragte August vorwurfsvoll. Schweißgebadet stand er vor ihr, Öl klebte an seiner Stirn unter seinem Käppi. Abrupt rappelte Juli sich hoch, steckte ihr Handy in die Hosentasche, schirmte die blendende Sonne mit einer Hand ab.

»Wo warst du, verdammt?«, blaffte sie August an und wunderte sich selbst über die Panik, die in ihrer Stimme lag. Perplex hielt August den Benzinkanister hoch.

»Halb voll, immerhin«, erwiderte er stolz. Als er bemerkte, wie unregelmäßig Juli atmete, fügte er schnell hinzu: »Hey, jetzt beruhigen du dich mal wieder.« Sanft berührte er sie an ihrer Schulter, was sie noch mehr aufwühlte.

»Lass mich nie wieder allein, verstanden«, schrie sie ihn an und drehte sich abrupt weg.

»Okay, okay«, erwiderte August, offensichtlich irritiert von Julis Ausbruch. Er setzte sich auf den warmen Asphalt, hielt den Kanister mit beiden Händen fest. Es dauerte ein paar Minuten, bis Juli sich wieder beruhigt hatte. Von ihm abgewandt strich sie ihre Haare nach hinten, band sie zu einem frischen Pferdeschwanz zusammen, formte ihre Lippen zu Worten, die sie dann aber nicht sagte. Dankbar um sein Nichtnachfragen, drehte sie sich zu August um, stapfte an ihm vorbei, der aufsprang und ihr folgte. Nebeneinander gingen sie schweigend über den Parkplatz, entlang der Leitplanke, bis sie den Corsa auf der gegenüberliegenden Fahrbahnseite entdeckten, hinter dem ein Polizeiauto geparkt war. Ein Polizist inspizierte den Wagen, ein weiterer Kollege gab eine Meldung über den Funk durch. Diesmal war es August, in dem Panik aufstieg. Er packte Juli an der Hand, bog scharf ab.

»Wusste ich es, du hast uns bei deine Eltern verraten, und die haben gleich Polizei gerufen. Du bist so eine verwöhnte Mädchen, die gleich nach das Mama schreit«, pöbelte er sie verächtlich an, wobei er gleichzeitig versuchte, den Kanister hinter seinem Rücken zu verstecken. Juli drehte sich zu August, die Augen weit aufgerissen.

»Wie bitte?«, fauchte Juli zurück. »Du spinnst wohl! Und außerdem heißt es *die* Mama.«

»Wem du hast denn sonst geschrieben?«, zischte er, ohne dabei die Polizisten aus den Augen zu lassen, die augenscheinlich mehr mit dem herrenlosen Auto beschäftigt waren.

»Niemandem«, verteidigte sich Juli, »hier, willst du mein Handy sehen?« Sie blieb stehen, griff nach ihrem iPhone, doch August zog sie weiter. Weg von der Autobahn über den Parkplatz in Richtung des kleinen Waldstücks.

»Wir müssen locker bleiben«, sagte er mit zusammengepressten Lippen und wirkte dabei so unlocker, dass Juli schmunzeln musste. Demonstrativ schwenkte er dabei den Benzinkanister in der Hand. Ihre Schritte wurden immer länger, ihr Gang immer schneller. Als sie das Waldstück erreichten, warf August den Benzinkanister in hohem Bogen ins Gebüsch. Und dann liefen sie los. So schnell sie konnten.

6. DAS KORALLENRIFF

Sie waren bestimmt eine Stunde durch den Wald gerannt, ohne Pause. Hinter dem Birkenwäldchen lag eine große Wiese und Juli und August jagten geradewegs auf eine heruntergekommene Scheune zu. Gegenüber stand ein kleines Holzhaus mit einem spitz zulaufenden Dach, blauen Fensterläden und einem rauchenden Schornstein. Die Hände auf die Knie gestützt, schaute sich Juli schnaufend um. Ein schwarz-braun gescheckter Hund wälzte sich auf dem warmen Gras; drei Esel tranken aus einer rostigen Badewanne, die quer auf der Wiese stand; Gänse rannten schnatternd herum, verfolgt von einer bunten Hühnerschar.

»Habe ich Halluzinationen oder ist das ein Zebra?«, japste Juli und deutete mit einer Kopfbewegung zu einem gestreiften Tier, dessen Kopf in einem Futtersack steckte. August, der neben Juli wie nach einem K.-o.-Schlag auf das Gras sank, bestätigte ihre Frage mit einem knappen Nicken.

»Mich nicht wundern würde, wenn gleich eine Känguru vorbeikommt!« Mit dem Handrücken wischte er sich die Hitze von der Stirn, nahm sein Käppi herunter, unter dem sein Kopf regelrecht dampfte. Er war komplett durchnässt, und Juli sah, wie seine Schläfen vor Anstrengung pochten.

»Oh ja, mit Kaffee und Kuchen«, krächzte Juli, die sich neben August in das hohe Gras fallen ließ. Sie war erschöpft und angenehm leer. In ihrem Kopf und in ihrem Magen, der laut knurrte. Alarmiert drehte August sich auf den Bauch, um den Feind ausfindig zu machen. Juli musste unwillkürlich lächeln.

»Das war ich … also mein Magen.«

»Der knurrt ja lauter als eine Wachhund.«

»Aha, du weißt also, was ein Wachhund ist«, nickte Juli mit zugekniffenen Augen.

»Nicht alles, was ich sage, gleich hat was zu bedeuten, Frau Oberpolizei«, wehrte sich August gegen Julis Mutmaßungen.

»Na ja, so viel sagst du ja auch nicht.« Patt.

August blickte in den wolkenlosen Himmel, Juli zu dem Haus.

»Bestimmt haben sie dort was zu essen?«, fuhr Juli fort. »Sieht doch eigentlich ganz nett aus, oder …?« Noch bevor August antworten konnte, hörten sie hinter sich, wie eine Waffe geladen wurde. Erschrocken drehten sich August und Juli herum, blickten einer Frau ins Gesicht, die hinter einer beladenen Schubkarre stand, bewaffnet mit einem Gewehr, das sie auf die beiden gerichtet hatte. Ihre Hände steckten in Männerhandschuhen, ein rot-weißes Holzfällerhemd hing aus ihren Shorts und ihre kräftigen Waden ragten aus dreckigen Gummistiefeln.

»Wat doe jij hier?«, wollte die Frau mit den verfilzten grauen Haaren wissen, wobei sie mit dem Gewehrlauf abwechselnd von Juli auf August schwenkte. Den Zeigefinger angespannt auf dem Abzug.

»Ja, richtig nett«, flüsterte August in Julis Richtung, die bereits mit erhobenen Händen aufgestanden war, um den Rückzug anzutreten.

»Äh, ja, wir müssen dann auch weiter …« Sie zog August an seinem nass geschwitzten T-Shirt zurück, der ihr bereitwillig folgte. »Mein Bruder und ich, wir haben uns verlaufen.«

»Ja genau, wir sein auf dem Weg nach Portugal …«, ergänzte August. Er hatte Julis Spiel verstanden. »Zu unser Tante.«

»Krank«, fügte Juli hinzu und zeigte mit ihrem Finger auf ihr Herz.

»Und wie wollt ihr dahin kommen? Zu Fuß?«, hakte die Frau nach. Überrascht blickte Juli die bewaffnete Frau an, die in fließendes Deutsch gewechselt und plötzlich einen ostdeutschen Akzent hatte.

»Sie sprechen ja Deutsch, wir sind auch aus Deutschland, also ich … wie schön«, plapperte Juli weiter. Sie stoppte erst, als August sie fest am Handgelenk packte und sein Blick ihr sagte: *Halt die Klappe. Bitte!*

Die Frau verzog keine Miene. Auf ihrer Unterlippe hatte sie einen Abdruck von ihren vorstehenden schiefen Schneidezähnen, was ihr trotz der weißgrauen Haare und der groben Gesichtszüge etwas Kindliches verlieh.

»Ich bin zwar alt, aber nicht blöd«, erwiderte die Frau, und Juli bemerkte die Kränkung in ihrer Stimme. Ohne Juli und August aus den Augen zu lassen, legte sie das Gewehr in die futterbeladene Schubkarre.

August entfuhr ein erleichtertes Seufzen, was die Frau zu einem Schmunzeln bewegte.

»Ich bin die Hilde«, sagte sie. »Wenn ihr mir beim Füttern helft, dann könnt ihr eine Nacht hierbleiben.« Es klang mehr wie eine Anweisung, nicht wie ein Angebot. Sie streifte ihre Handschuhe ab und warf sie August vor die Füße. Eine kurze Stille entstand. Unsicher wanderte Julis Blick zu August, der sich bereits nach den Handschuhen bückte.

»Super!«, sagte August und hob die Schubkarre an. »Oder?«

Fragend schaute er Juli an, bei der alles auf Flucht programmiert war. Sie wollte nur weg hier.

»Ja klar.« Juli rang sich zu einem Lächeln durch. Zu gerne hätte sie August ans Schienbein getreten, aber er trottete bereits hinter Hilde her, die Julis Antwort gar nicht erst abgewartet hatte. Wie sie das hasste. Zwei gegen einen.

»Hereinspaziert«, sagte Hilde mit einer Freude, die nur sie empfinden konnte, denn aus dem dunklen Stall kam ein stechender Geruch nach Feuchtigkeit und Pferdemist. Juli unterdrückte einen Würgereiz. Keine zehn Kaltblüter würden sie in dieses dunkle Loch zerren, sie mussten hier weg. Sofort!

Sie waren in einer Falle gelandet. Das hier war keine Überraschungsparty, wo gleich die Lichter angingen und ihre Verwandtschaft sie mit Geschenken und Luftschlangen empfangen würde. *Mira! Mama!* Instinktiv legte Juli die Hand an ihr Telefon in ihrer Hosentasche wie um einen Revolver. Der gescheckte Hund mit dem Namen Töle, der aussah wie ein zu heiß gewaschener Schäferhund, sprang sie kläffend an, und sie wusste nicht, ob er sie beißen oder abschlecken wollte.

»Der beißt nur Leute, die ich nicht mag«, murmelte Hilde, die die Angst in Julis Augen zu sehen schien. Juli wusste nicht, was sie damit meinte. Mochte Hilde sie oder nicht? Die Chancen standen fifty-fifty. Juli warf August einen flehenden Blick zu, doch der war schon mit der Schubkarre im Stall verschwunden. Und noch bevor Juli es sich anders überlegen konnte, drückte Hilde sie mit einer energischen Handbewegung hinein. Dann schob Hilde das Tor zu und legte den schweren Holzriegel vor. Juli stieß ein letztes Stoßgebet aus, bevor es dunkel wurde.

Wenige Sonnenstrahlen bohrten sich durch die Ritzen der finsteren Scheune, in der es nach nassem Hund und frischem Heu roch. Aus den vier Boxen, die jeweils Ausgänge nach draußen hatten, drangen gellende Geräusche, Hufe scharrten, brummende Käfer flogen ohne Navigation herum, und Juli war fast dankbar um die Dunkelheit, damit sie nicht sah, welche Spinne sich gerade zwischen ihren nackten Zehen ein Netz spann. Ihr Herz pochte wild, und heimlich versuchte sie, hinter Hildes Rücken ihr Handy zu checken.

»Hier gibt's kein Netz«, ermahnte Hilde sie scharf, ohne sich umzudrehen. Juli schluckte. Woher wusste sie, was Juli vorhatte? Juli warf einen Blick auf das Display, das in dem Moment einen letzten Atemzug von sich gab. Dann war es schwarz. Endgültig. Der Akku war leer. Auch das noch!

»Das ist für Moritz und Melli«, sprach Hilde leise, so als würde sie die Tiere nicht wecken wollen. Sie zeigte auf einen der Ställe, und mit den schweren Eimern in der Hand ging August zu einer offenen Box, wo ein mittelgroßer Haflinger und ein schwarzes Pony mit einem weißen Fleck auf der Stirn schnaubend am Rande der Gitterbox standen. August streckte seine offene Hand mit dem Futter aus, das Pony schnappte jedoch daneben.

»Einfach auf den Boden werfen, die findet das schon. Ist blind«, klärte Hilde August auf, und Juli, deren Augen sich langsam an die Dunkelheit gewöhnt hatten, bemerkte die weißen Flecken in den Pupillen des Ponys. August warf das Futter auf den Stallboden. Schnaubend senkte das Pony den Kopf, sogleich trat der Haflinger daneben.

»Ihr ehemaliger Besitzer hat sie zu Kutschfahrten gezwungen, trotz ihrer Blindheit. Bis sie gegen einen Baum gerannt ist. Jetzt hat sie auch noch Hufrehe, die Arme, deshalb stinkt es hier so«, berichtete Hilde, die neben Melli getreten war, um ihr Fell zu streicheln.

»Wie gemein«, sagte Juli leise, der die Sanftheit in Hildes Stimme aufgefallen war.

»Moritz hatte jemand seit seiner Geburt an einer kurzen Kette angebunden, die zum Teil in sein Fell eingewachsen ist, schaut hier«, redete Hilde weiter und strich über die unbehaarte Stelle im Fell des Haflingers. »Jahrelang hat er auf einer ausgedorrten Wiese in sengender Hitze mit wenig Wasser verbracht, bis ich ihn vor drei Jahren dort runtergeholt habe. Illegal natürlich.«

August und Juli sahen Hilde erstaunt an.

»Cool« sagte August und »wie traurig« sagte Juli.

»Na, ihr seid euch ja mal einig.« Mit einem schiefen Lächeln drückte Hilde Juli einen Karton mit Grünzeug in die Hand, wonach sie auf die letzte Box im Stall deutete.

»Hier, das ist für Penelope, hinten rechts.«

Juli nickte und ging mit dem Karton zu dem Stall, der in der dunkelsten Ecke lag. Vorsichtig schob sie die Gittertür auf, doch die Box war leer. Sie warf Hilde einen Hilfe suchenden Blick zu, die sich leise mit August unterhielt. Etwas raschelte in dem Stroh, und Juli ging in die Hocke, um besser sehen zu können. Da waren ein paar Käfer und ein Panzer.

»Ist das eine Schildkröte?«

»Ja, leg ihr einfach den Löwenzahn mit den Disteln hin«, rief Hilde Juli zu. Die Disteln piksten in Julis Händen und schnell ließ sie das Grünzeug auf das Stroh fallen. Die Schildkröte gab keinen Mucks von sich. Juli beobachtete sie eine Weile.

»Ich glaub, die lebt nicht mehr«, meinte Juli unsicher.

»Penelope isst nicht mehr, seit ihr Partner gestorben ist«, sagte Hilde, die hinter Juli getreten war und mit dem Gewehr zärtlich auf den Panzer klopfte. »Das ist der Kummer, der macht komische Dinge mit uns.« Traurigkeit lag auf einmal in ihrem vom Leben gezeichneten Gesicht und Juli musste unweigerlich nicken. Sie wusste genau, wovon Hilde in dem Moment sprach, und sie schämte sich wegen ihres vorzeitigen Urteils. Hilde war einfach nur einsam, so wie sie. Sie war nicht gefährlich.

»Wo kommen die Tiere denn alle her?«

»Von überall. Aus dem Zirkus, aus dem Zoo, manchmal auch von Privatleuten, die gelangweilt sind oder überfordert«, klärte Hilde Juli auf. »Es sind Tiere, die keiner mehr haben will.«

Bei den Worten atmete Juli tief aus. Wie traurig war das denn.

»Nur du«, sagte August, der auch zugehört hatte und für einen Moment die Fütterung unterbrach.

»Ja, nur ich«, antwortete Hilde. Sie wirkte stolz dabei, und selbst als Juli später mit ihr in der Küche stand, um ihr beim Kochen zu helfen, fielen ihr immer wieder neue Geschichten über ihre Mitbewohner ein. So nannte sie die dreiundzwanzig Tiere auf ihrem Gnadenhof. Juli liebte es, der eigensinnigen Frau zuzuhören, die jetzt mit ihren dreckigen Händen den Wasserhahn der geschirrbeladenen Spüle aufdrehte, ihren Mund drunterschob und in hastigen Schlucken anfing zu trinken.

»Ahhhh, es geht nichts über gutes Wasser.« Mit einem lauten Rülpser reichte Hilde Juli ein Wasserglas, die sie verblüfft anschaute. Anstatt das Glas zu nehmen, beugte Juli sich auch unter den Wasserhahn, ebenso durstig von dem langen Tag, der so voll war mit neuen Eindrücken. So viel, wie sie in den letzten Stunden erlebt hatte, hatte sie in den drei Jahren davor nicht erlebt. Seit Miras

Verschwinden war die Zeit stehen geblieben und damit Julis Leben.

»So, genug geredet, jetzt mal zu dir: Warum seid ihr denn abgehauen?« Mit dieser Frage ließ sich Hilde auf einem zerfledderten Korbstuhl nieder, der in der Küchenecke neben dem Fenster stand. Es war noch hell draußen, das Licht stand tief, aber die Sommersonne war zäh und ausdauernd. An der Decke baumelte eine rote Laterne, tibetische Gebetsfahnen hingen schräg durch die Küche gespannt, deren Boden schwarz-weiß gefliest war. Juli prustete auf und spuckte das Wasser wieder aus.

»Sind wir gar nicht.« Sie wischte sich ihren Mund mit dem Arm trocken, wandte sich dem Gemüse zu und fing an, die Karotten zu schälen, die bräunlich verfärbt waren. Schulterzuckend hob Hilde ein Bein über das andere, zog an ihrem Gummistiefel. Hildes Nachgiebigkeit ließ Juli stutzig werden. Innerlich hatte sie sich bereits auf einen verbalen Angriff vorbereitet, doch Hilde ließ sie in Ruhe. Sie war nicht wie ihre Mutter, die immer alles uneingeschränkt von ihr wissen wollte. Und so lange nachbohrte, bis Juli explodierte.

»Na ja«, ergänzte Juli, nachdem sie die Karotte in exotische Formen geschnitten hatte, »meine Eltern haben mich rund um die Uhr kontrolliert. Und außerdem wollten sie …« Juli hielt kurz inne. Sie wusste selbst nicht, wie sie es formulieren sollte. »Also, sie wollten etwas, das ich nicht wollte. Alles sollte so bleiben, wie es ist, aber sie haben das nicht akzeptiert«, beendete Juli ihren kryptischen Halbsatz. Hilde schaute auf, im Ringen mit ihrem festgewachsenen Gummistiefel.

»Nichts bleibt, wie es ist. Alles verändert sich, schau dich um. Die Natur macht es uns vor.«

Juli runzelte die Stirn. Sie verstand nicht, was Hilde meinte, die auf die schlaffe Lauchstange in Julis Hand deutete.

»Die permanente Veränderung ist die einzige absolute Größe. Paradox, nicht wahr?«, fuhr Hilde fort, und dann fluchte sie laut. »Diese verdammten Stiefel!«

»Brauchen Sie einen Schuhlöffel?« Juli streckte Hilde die Lauchstange hin und Hilde lachte laut auf. Es war sonderbar, aber Hildes Lachen berührte Juli, und sie dachte daran, wie schön es war, andere zum Lachen zu bringen. Sie legte das Gemüse auf das Küchenbrett und nahm Hildes Stiefel in beide Hände, um daran zu ziehen.

»Dein Freund redet ja ganz nett.«

»Er ist nicht mein Freund.«

»Aber dein Bruder ist er auch nicht«, stellte Hilde mit einem Grinsen fest. In dem Moment ruckelte Juli so fest an dem Schuh, dass Hilde aus dem Stuhl rutschte. Noch rechtzeitig fasste sie die Holzlehne. Ein lautes »Hey« entfuhr Hilde, die sich wieder zurück auf den Stuhl schob, und Juli hielt triumphierend den Stiefel in der Hand.

»Tada!«

Hilde streckte Juli ihr zweites Bein hin, doch Musikklänge aus dem Nebenzimmer rissen beide aus ihrem spielerischen Zweikampf.

»Dafür kann er aber schön Klavier spielen … dein Freund.«

»Ja, er ist ein Naturtalent«, erklärte Juli lachend. Ohne darüber nachzudenken, was sie gerade gesagt hatte. War das wirklich August, der da spielte? Wie war das möglich? Abrupt ließ sie Hildes Fuß los, der hart auf die Fliesen aufschlug.

»Hey!«, schimpfte Hilde, während Juli ins Wohnzimmer eilte,

wo August auf einem niedrigen Schemel hinter einem Klavier saß, das direkt neben der Tür stand. Versunken glitten seine Hände über die Tasten, um ihn herum ein Publikum aus Hunden, Katzen und einem Papagei. Juli staunte. Er bemerkte sie nicht, war in eine andere Welt abgetaucht, voller Gefühl und Leidenschaft. Auf Julis Armen breitete sich Gänsehaut aus. Sein Spiel berührte sie. Es war so tiefgründig, so fein, so emotional, ganz anders als er, dachte Juli, der tausend Fragen durch den Kopf schossen. Wieso konnte August Klavier spielen? Wo hatte er das gelernt? War er ein Schiffspianist gewesen, der angetrunken über Bord gegangen war? Sie war so gebannt gewesen von Hilde und ihren Geschichten, dass sie das eigentliche Ziel ihrer Reise komplett aus den Augen verloren hatte.

»Komm, Schöpfer Geist, kehr bei uns ein«, sang Hilde die Melodie nach. Sie stand im Türrahmen, wobei ein Fuß noch in dem Gummistiefel steckte. »Das ist ja ein Kirchenlied!«

»Hmmmm«, sagte August nachdenklich. Er sah von den Tasten zu Juli und Hilde auf, zuckte mit den Schultern. Seine Gesichtszüge wirkten entspannter. Als hätte er sich freigespielt. Das Ventil geöffnet.

»Warst du mal Messdiener?«, wollte Hilde wissen.

»Kann ich mir nicht vorstellen«, erwiderte Juli, immer noch ergriffen von Augusts Musik.

»Seit wann du kennst mich besser als ich?« Abrupt stand August von dem Klavier auf.

»Schon immer«, scherzte Juli, in einem Moment, der alles andere als lustig war. Zornig schaute er sie an und ging einen Schritt auf Juli zu, die reflexartig zurückwich.

»Ich nicht so bin, wie du denkst«, raunte er ihr zu.

»Woher weißt du, was ich denke?«

»Weil du immer alles weißt«, sagte August sehr laut.

»So schön war der Tisch jedenfalls schon lange nicht mehr gedeckt«, lenkte Hilde von der Angespanntheit im Raum ab, in dem bestimmt tausend Volt herrschten. Und es stimmte: August hatte den Tisch sehr akkurat gedeckt. Die Gabeln links, Messer und Suppenlöffel rechts. Das gelbe, teils angeschlagene Porzellan wirkte dadurch nahezu fürstlich. Wortlos verkrümelte sich Juli schnell wieder in der Küche, doch auch später beim Abendessen spürte Juli Augusts Angespanntheit. Julis Gemüsesuppe schmeckte fürchterlich und zum Glück hatte Hilde Unmengen an Vorräten in ihrem Haus, insbesondere frisches Graubrot, das sie alle drei in Rekordgeschwindigkeit herunterschlangen. Bestrichen mit viel Butter. Und mit Hildes selbst gemachter Johannisbeermarmelade. Mit den vollen Bäuchen verflog der Groll, und als sie den Tisch abräumten, schenkte August Juli sogar ein Lächeln, ein Augustlächeln. Etwas verkniffen, schief, aber echt. Langsam kam Julis Herz wieder unter ihrem T-Shirt hervorgekrochen.

Im Unterzucker nie streiten, dachte Juli, als sie später neben August auf dem Dachboden lag und ihre neuesten Erkenntnisse über ihn auf der Karte notierte. Hilde hatte ihnen zwei Schlafsäcke geliehen, und darin eingewickelt lag Juli auf dem Bauch, ihre Füße aneinanderreibend. August lag in einiger Entfernung neben ihr auf dem Rücken.

»Vielleicht hast du ja auch so eine verrückte Mutter?«

Juli blickte zu August, der durch die löchrigen Dachbalken schaute, die ein Stück des Sternenhimmels freigaben.

»Eher ein bekannte Pianistin.«

»Genau. Die gerade auf Welttournee ist und deshalb nichts mit-
bekommt.«

»Ihre Sohn einfach vergessen hat.«

»Ach Quatsch, es gibt bestimmt jemanden, der dich vermisst.«

Julis Worte lösten ein unerwartetes Schweigen aus. Seit sie auf
Hildes Hof angekommen waren, hatte Juli kein einziges Mal an
Mira gedacht. Das war ihr noch nie zuvor passiert, und sie wusste
nicht, ob sie das gut oder schlecht finden sollte. Jedenfalls hatte
sie etwas Bauchweh, was nicht an dem Essen lag. Vielmehr an der
Tatsache, mit einem fremden Jungen allein zu sein. Gedankenver-
sunken betrachtete sie ihre Zeichnung mit den verschwommenen
Buchstaben.

»Noch ganz schön leer«, bemerkte August.

»Vielleicht ist das ein Talisman«, rätselte Juli, die die Korkket-
te erneut betrachtete. Der von Hand eingravierte Buchstabe war
nicht mehr gut zu lesen und die Kette war bestimmt schon viele
Jahre alt.

»Was ist Talisman?«

»Ein Erinnerungsstück.«

»Ein Erinnerungsstück ohne Erinnerung.«

Juli nickte nachdenklich und eine lange Pause entstand. Juli
grub sich tiefer in ihren Schlafsack, um ihre Haut vor dem piksen-
den Heu abzuschirmen. Und vor August. Denn Nähe war sie nicht
gewohnt. Erst recht nicht in der Nacht.

»Gute Nacht«, murmelte sie leise, doch August, der mit einem
Mal hellwach war, fragte: »Wie ist denn *dein* Mutter so?«

»Psychotherapeutin.«

»Und dein Vater?«

»Psychotherapeut.«

»Jetzt mir wird einiges klar.«

Juli kicherte leise in ihrem Schlafsack.

»Und deine Schwester, auch Psychonochwas?«

In Sekundenschnelle richtete Juli sich auf, die Arme in die Hüften gestemmt, was den Schlafsack fast sprengte.

»Wird das jetzt ein Verhör oder was?«

»Was ist denn ein Verhör?«

»Wenn man den anderen nach Dingen fragt, obwohl der seine Ruhe will.«

»Also Interesse?«

»Nein. VERHÖR.«

»Du verhör mich doch auch andauernd.«

»Das ist was anders.«

»Bist du auch Psychnochwas?«

Er blickte sie herausfordernd an, doch Juli war nicht in Streitlaune. Die Müdigkeit war größer als die emotionale Lawine, die August mit seiner Frage losgetreten hatte. Sie donnerte vorbei hinab ins Tal des Halbschlafs.

»Schlaf gut«, sagte sie kaum hörbar. Für eine Sekunde fühlte sie eine neue Farbe in sich, so was wie Lilablau. Ein warmer Ton. Seltsam, dachte Juli, bevor sie sich zur Seite rollte und ganz, ganz klein machte, als würde sie in der Nacht verschwinden wollen und die Dunkelheit sie auslöschen.

7. Der Koboldhai

Julis Nackenhaare stellten sich auf, als sie Stunden später Augusts Hand unter ihrem Schlafsack spürte, oder besser: in ihrem Schlafsack!

»Hey, lass das!«, schrie Juli, die senkrecht hochschreckte. Panisch schlug sie um sich, erwischte Augusts Schulter, der dicht neben ihr im Stroh lag. Es musste mitten in der Nacht sein, draußen war es stockfinster. August neben ihr rumorte:

»Nao, eu nao quero sardinhas.«

»Mach das nie wieder«, fauchte Juli weiter, doch August reagierte nicht. Das hellgelbe Licht des Sommermonds drang durch den Dachgiebel, sodass Juli Augusts Gesicht betrachten konnte. Er schien zu träumen, denn seine Augen waren fest verschlossen. Erleichtert atmete sie auf, als sie seine Hände entdeckte, seine verkrampften Finger, die zu Fäusten geballt auf seinem Oberkörper lagen, als wolle er sich im Schlaf vor Angreifern schützen.

»Deixe me«, faselte er traumversunken weiter, und Juli schob sich zurück in ihren Schlafsack, blickte sich suchend nach der Augustlandkarte um, um seine Worte festzuhalten, als sie wieder etwas an ihrem Oberschenkel streifte. Verdammt! Wenn es nicht Augusts Hand war, was war es dann? Wie von der Tarantel gestochen, sprang Juli aus dem Schlafsack, sah gebannt auf die sich bewegende Wölbung, die sich immer schneller auf das offene Kopfende zubewegte. Um sich zu verteidigen, griff Juli nach einem Holzstück, das sich als festgewachsenes Teil des Dachbalkens herausstellte. Verflucht! Unbewaffnet wich sie zurück, den Blick fest auf ihren lebendigen Schlafsack gerichtet, aus dem ein plüschiges weißes Tier gekrabbelt kam, das sie aus kleinen Glubschaugen anschielte.

»Na los, hau ab«, versuchte Juli, das merkwürdige Geschöpf wegzuscheuchen, das keine Anstalten machte, sich zu bewegen. Stattdessen starrte es Juli genauso ungläubig an. In dem spärlichen Licht kniff Juli die Augen zusammen, ging in die Hocke, um das Tier mit dem runden Gesicht und der winzigen rosa Schnauze näher zu betrachten. Erst dachte sie, es sei eine Ratte, doch dann bemerkte sie den langen, buschigen Schwanz. Es war ein Opossum, und es sah so blöd aus, dass es schon wieder niedlich war. Dieses Tier hatte irgendwie einen Defekt, wie alle Tiere auf diesem Hof. Einen süßen Defekt, denn sein windschiefer Blick ging Juli durch Mark und Bein. Eine warme Welle des Mitleids breitete sich in ihr aus und auf Anhieb hatte sie das Tier lieb gewonnen.

Es wich nicht mehr von Julis Seite, auch nicht, als sie kurz darauf bei Sonnenaufgang auf der roten Bank vor Hildes Haus saß. Eingerollt legte es sich auf Julis Schoß und schloss die Augen, während sich Juli in dem wild wuchernden Garten umsah. Neben ihr auf der feuchten Wiese stand eine kleine Buddha-Statue, die in ein Spinnennetz gewickelt war. Die Nase war abgeknabbert, ein Auge fehlte und Juli musste bei dem Anblick schmunzeln. Auf Hildes Hof war alles anders, und genau das machte es kostbar. Es war so angenehm unvollkommen. Hier war jeder Makel erwünscht. Auch der eigene. Das entspannte Juli irgendwie. Bei ihnen auf Sylt hatte jedes Möbelstück seinen festen Platz, alles war so sauber und schön, dass Juli sich manchmal hässlich vorkam. Vor allem innen. Zu viel Idylle verkrampfte. Ihre Mutter, die eine Feng-Shui-Meisterin mit einem sehr ausgewählten Geschmack war, rückte zu Hause jede Vase zurecht, auch nur wenige Zentimeter. Selbst das Obst sortierte sie nach Farben. Manchmal hatte sich Juli einen Spaß daraus gemacht, die Gegenstände leicht zu verschieben, um ihre Mutter hinterher zu beobachten, wie sie sie wieder zurückschob. Es war mehr ein Reflex als eine bewusste Aktion. Es war ein Tick.

Vor vier Jahren, als sie alle zusammen in den Winterurlaub fahren wollten, hatte sich Juli in der Altpapiertonne versteckt, und Mira hatte ein Werbeheftchen vor der Garage so drapiert, dass ihre Mutter es (natürlich!) aufgehoben hatte, um es in die Tonne zu werfen. Sie konnten dann erst drei Stunden später losfahren, weil Helene so einen großen Schreck bekommen hatte, dass sie am ganzen Körper gezittert hatte. Hans fand ihre Aktion nur mittellustig. Und Juli hatte es schrecklich leidgetan. Manchmal war sie einfach drüber. Vor lauter Spielfreude fand sie nicht immer den richtigen Ton, wie eine amateurhafte Musikerin. Das schielende Opossum, das an ihren Fingern knabberte, holte Juli wieder zurück ins Hier und Jetzt.

Sie hob den Kopf und die ersten Sonnenstrahlen des Tages erreichten ihre Nasenspitze. Wie gut diese Wärme tat, diese morgendliche frische Stille. Alles war noch unberührt und für einen Moment stoppte das Gedankenkarussell in Julis Kopf. Schon immer hatte sie den Sonnenaufgang geliebt, mehr als den Sonnenuntergang. Sonnenaufgänge waren verlässlich, Sonnenuntergänge waren wie ausgekaute Kaugummis.

Liebe Mira, erinnerst du dich daran? Wie wir noch vor Sonnenaufgang aus dem Fenster geklettert sind, uns in den Rosenbusch haben fallen lassen, um dann an den Strand zu rennen. Barfuß und mit Stirnlampen. Wie wir jeder Düne *Guten Morgen* zugerufen haben, jeder Möwe, die mit ihrer Clique unterwegs war. Wie schnell wir gerannt sind, um die Ersten am Strand zu sein. Alle anderen schliefen ja noch. Es war unser Geheimnis. Wie zwei Entdeckerinnen. Die ersten Menschen, die jemals die Erde betraten, die die ersten Spuren im Sand hinterlassen würden. Zu zweit kann man immer spielen. Was kann man schon alleine spielen? Nicht mal Mikado oder Mensch ärgere dich nicht. Vielleicht Verstecken. Nur dass einen niemand findet. Haha.
Heute Nacht habe ich dich im Meer besucht. Du warst ein riesiger Fisch und hast in einem wunderschönen Korallenriff gewohnt. Wir haben Scrabble gespielt und Gummibärchen gegessen. Plötzlich habe ich gemerkt, dass ich unter Wasser bin und dass ich gar keine Luft bekomme. Ich wollte nach oben tauchen, doch der Weg wurde immer länger und die Wasseroberfläche geriet immer weiter weg. Zum Glück bin ich dann aufgewacht. Mein neuer Freund hat mich geweckt. Nicht August, nein, sondern dieses sonderbare Kuschelmonster. Von Hilde, der verrückten Tierfrau. Sie behandelt mich wie eine Erwachsene, und es macht richtig Spaß, sich mit ihr zu unterhalten. Sie nimmt mich ernst, nicht wie Mama, die an der Hallenbadkasse beim Eintritt immer sagt, eine Erwachsene und ein Kind. Dabei geht das nur bis zwölf Jahre. Einmal hat sie sogar zwei Kinder gesagt.
Du würdest es lieben hier. Vielleicht fahren wir ja mal zusammen zu Hildes Gnadenhof und helfen ihr bei der Fütterung. Wenn du wieder da bist, wenn ich dich gefunden habe.

Hinterlass mir doch ein Zeichen, das hat ja früher immer gut funktioniert. Selbst ohne Walkie-Talkies. Weißt du noch, wie wir oft sogar beide dasselbe geträumt haben? Also gleichzeitig. Von Opa Heinz, der uns sagte, dass das mit dem Sterben ganz einfach ist: Wenn man Angst hat, tut es weh, und wenn man keine Angst hat, tut es nicht weh. Oder von dem Mann in dem roten Wollpulli mit der Riesenzitrone, der uns dann wirklich einen Tag später im Supermarkt begegnet ist. Im Wollpulli mit der Riesenzitrone, obwohl Hochsommer war. Das ist doch verrückt. Dasselbe denken war ja schon normal bei uns, aber dasselbe träumen? Wir kennen uns wahrscheinlich gar nicht erst aus dem Ei, sondern von davor. Also noch vor der Erde, vor dem Urknall, noch vor dem Nichts. Das klingt schön.

Juli musste eingeschlafen sein. Die Sonne war bereits hoch über das Dach der Scheune geklettert und sie tastete mit ihren Fingern über die Delle auf ihrer rechten Wange. Ein Bleistift als Kopfkissen, dachte Juli, während sie ihre Arme über ihrem Kopf ausstreckte und sich in der Sommersonne rekelte. Sie nahm den Stift in die Hand, schaute sich suchend nach dem beschriebenen Einkaufsblock und nach ihrem Handy um, das beides nicht mehr an der Stelle lag, wo sie es abgelegt hatte.

»Hey, willst du ein Auslandsgespräch mit deinen australischen Kollegen machen?« Beladen mit einem Ballen Heu, tauchte Hilde hinter dem Haus auf. Töle sprang um ihre Beine herum und in ihren Mundwinkeln klebte noch die purpurrote Marmelade von gestern Abend.

»Wieso?«, wollte Juli verwirrt wissen, und Hilde deutete mit einer Kopfbewegung unter die Bank, auf der Juli saß. Darunter hockte das Opossum, es knabberte mit seinen kleinen, spitzen Zähnen an Julis Handy, die Zettel eines beschriebenen Einkaufsblocks lagen zerfetzt hinter ihm auf der feuchten Wiese.

Julis Stimmung sank unter den Gefrierpunkt. Minus drei.

»Hey, das ist MEIN Telefon!«, schnaubte sie, und Hilde stellte die Schubkarre ab. Das war ihr Draht zur Außenwelt. Und zu Mira.

»Eben, *nur* ein Telefon«, versuchte Hilde, sie zu beruhigen.

»Sie haben ja keine Ahnung!«

»Dann erklär's mir.«

Juli baute sich vor Hilde auf, schnappte nach Luft.

»Da ist alles drin, was mir wichtig ist, mein ganzes Leben, meine Vergangenheit. Ich hab Videos von meiner Schwester und Nachrichten und …«, weiter kam sie nicht. Wie ein plötzlicher Regenschauer brach sie in Tränen aus. Juli konnte es sich selber nicht erklären. Seit sie auf Hildes Hof angekommen war, hatte sie kaum an Mira gedacht. Das war das Schlimmste gewesen. Sie stand vor Hilde, der sie alles erzählen wollte, doch anstatt Worte kamen Tränen. Hilde drückte sie an sich, hielt sie einfach fest. Nicht mehr. Und für einen Moment stand die Zeit still.

Einundzwanzig, zweiundzwanzig, dreiundzwanzig.

Juli wusste nicht, wie lange sie nicht mehr geweint hatte. Aber es fühlte sich an wie ein Jahrhundert. Es war nicht so, dass sie nicht traurig gewesen war, ihre Eltern hatten nur alle Tränen aufgebraucht. Für sie waren keine mehr übrig geblieben. Jede Nacht hatte sie ihre Mutter im Badezimmer schluchzen gehört. Die Wände waren dünn und Julis Ohren waren gut. Die Gefasstheit, die ihre Mutter ihr tagsüber vorspielte, war nicht echt. Vielleicht konnte sie sich selbst etwas einreden, nur Juli machte sie nichts vor. Jetzt bei Hilde, die stank wie ein Misthaufen, öffneten sich die Schleusen, und Juli weinte einen Ozean. In Hildes Gegenwart konnte sie loslassen.

»Das kenn ich gut. Trauer ist die ganze Liebe in einem, die man dann niemandem mehr geben kann«, sprach Hilde leise. Mit ihren Handschuhen strich sie Juli übers Haar, die bei ihren Worten von einem herzzerreißenden Schluchzer geschüttelt wurde. Juli kam sich vor wie eine Heulboje.

»Das stimmt«, japste Juli.

»Es gibt auch Verbindungen ohne eine Verbindung«, sprach Hilde gedämpft weiter, »das ist das unsichtbare Dritte. Etwas, das immer da ist, ohne dass wir es sehen oder verstehen. Das braucht kein Netz. Vertrau ein bisschen mehr.« Doch weiter kamen sie nicht. Das laute Aufheulen eines Motors ließ sie gleichzeitig ihre Köpfe zur Scheune drehen, wo ein Range Rover röchelnd aus der Einfahrt rollte. Hinter dem Steuer saß August mit leuchtenden Augen. Er sah ausgeruht aus und seine Stirnfalte war verschwunden.

»Ich hab die Auto repariert!«, verkündete er lauthals.

Erstaunt riss Hilde die Augen weit auf.

»Wie hat dein Freund das denn gemacht? Olaf steht seit Jahren in der Garage.«

»Er ist nicht mein Freund!«, wehrte sich Juli, wobei sie ein bisschen grinsen musste. Schnell wischte sie sich mit dem Unterarm den Rotz von der Nase, und dann, so als wäre nix gewesen, drückte Hilde Juli die Mistgabel in die Hand und hievte den Heuballen in die Schubkarre.

»Wie hast du das denn geschafft?«, rief sie August zu, der die Scheibenwischer bediente, was ein markerschütterndes Quietschen verursachte.

»War ein Katzensprung. Nur ein paar Kabel.«

Juli musste über Augusts Antwort lachen. Immer wieder verwechselte oder vertauschte er die deutschen Worte. Es war einfach nicht seine Muttersprache.

»Wenn ihr wollt, könnt ihr die Kiste haben. Gehörte mal meinem Mann. Bin ewig nicht mehr damit gefahren«, sagte Hilde, die wehmütig den rostigen Range Rover umkreiste. Getrocknete Erde klebte an den großen Reifen, und die Farbe des Wagens war vor lauter Dreck schwer zu definieren, irgendwas zwischen Lehmbraun und Schlammgrün.

»Echt jetzt?« Augusts Augen glänzten voller Glück. Juli wich seinem erwartungsvollen Blick aus, und sie hoffte, dass er nichts von ihrem emotionalen Vulkanausbruch mitbekommen hatte. Sie fühlte sich zwar befreit, aber gleichzeitig auch etwas leer.

»Cool«, sagte sie leise. Hilde warf ihr einen verständnisvollen Blick zu, stellte die Schubkarre neben der Fahrertür ab und steckte Töle, die unaufhörlich an ihr hochsprang, ein paar Leckerlis ins Maul, die sie aus ihrer Fleeceweste fischte.

»Ich fahr eh lieber mit der Schubkarre. Oder wollt ihr nach Portugal trampen?«

»Sie sind verrückt. Aber gut verrückt«, sagte August, der gar nicht mehr mit dem Grinsen aufhören wollte.

Juli hasste Abschiede. Noch mehr als angebrannten Milchreis, ungefragt abgebaute Etagenbetten und Diskussionen mit ihren Eltern. Sie bohrte ihren Zeigefinger in das Loch des zerschlissenen Beifahrersitzes, während August unter der Motorhaube verschwunden war, um den Range Rover mit letzter Tüftelei auf Vordermann zu bringen. Und als Hilde keine Stunde später mit ordentlich Proviant, einer Europakarte und dem Gewehr unter dem Arm aus dem Haus trat, fühlte sich Juli wie ein schwerer Stein, der langsam auf den Grund des Meeres sank. Sie würde Hilde vermissen. Das spürte sie. Und zwar nicht in ihrem Herzen, sondern in dem Raum dahinter. Mit der Tür, wo »Betreten verboten« draufstand. Doch sie mussten los nach Portugal, das irgendwie am anderen Ende der Welt zu liegen schien.

»Hier! Das könnt ihr vielleicht brauchen!« Hilde reichte Juli einen vollgepackten Beutel und den Autoatlas, das Gewehr lehnte Juli dankend ab. Ihr schiefer Zahn blitzte unter ihrer Oberlippe hervor, und tausend Worte schossen Juli durch den Kopf, die sie Hilde gerne noch sagen würde, bevor sie losfuhren. Doch der Moment des Aufbruchs lähmte Juli. Sie war nicht sie selbst. Sie kratzte sich am Handgelenk und beobachtete August und Hilde, die vor dem Wagen standen.

»Dann wünsche ich schöne Flitterwochen«, sagte Hilde mit einem vielsagenden Schmunzeln.

August lächelte zurück. Mit seinen ölverschmierten Fingern wischte er sich eine Haarsträhne aus dem Gesicht. Sein Blick wanderte über den erwachenden Hof, dann wieder zu Hilde.

»Was sind Flitterwochen?«

»Das wird dir Juli erklären.«

Hilde nickte Juli beiläufig zu, und für einen Augenblick hatte Juli das Gefühl, dass Hilde auch keine Abschiede mochte, denn schnellen Schrittes ging sie mit Töle über die Wiese zur Scheune. August ließ sich auf den Fahrersitz plumpsen, aus dem eine Staubwolke wich. Unter einem Hustenanfall wedelte Juli sich frei.

»Was sind Flitterwochen?«

»Das ist, wenn ein Hochzeitspaar in den Urlaub fährt«, nuschelte Juli, die hoffte, August würde sich mit der Erklärung zufriedengeben.

»Ahhha«, August nickte. Sein Blick verriet jedoch, dass er nichts verstand.

»Also nicht wir«, fügte Juli hinzu.

»Schade.«

Überrascht drehte Juli den Kopf zu August, der sie frech angrinste. Sie versetzte ihm mit der Hand einen Stups und schüttelte lachend den Kopf. Erst als sie lachte, gab sich August zufrieden, und Juli hatte das Gefühl, dass er sie bewusst aufmuntern wollte. Er spürte sie. Ihren Unmut. Es brauchte einige Anläufe, bis die alte Kiste endlich ansprang, und als sie über den Hof fuhren, löste sich Julis Abschiedsschmerz in Luft auf. Ein Teil von ihr freute sich sogar auf die Weiterreise mit dem fremden Jungen, der ihr immer vertrauter wurde.

8. STRÖMUNGEN

Die Abgaswolke des Range Rover sprach für sich, doch er fuhr. Immerhin. Noch etwas benommen von dem Gefühlskarussell, saß Juli im Schneidersitz neben August, den Atlas diesmal richtig herum in ihren Händen, gewillt, sie beide über die französische Grenze zu lotsen. August hatte den Arm auf dem Fensterrahmen geparkt und der alte Wagen stand ihm ausgesprochen gut. Das würde Juli ihm allerdings nicht sagen. Auch nicht, dass sie es genoss, mit ihm unterwegs zu sein. Sie konnte irgendwie sein, wie sie war, ohne andauernd psychoanalysiert zu werden, dachte Juli, während sie, begleitet von der beständigen Sommersonne, die Landstraßen entlangfuhren.

Sie waren kaum eine halbe Stunde unterwegs, da regte sich etwas bei den Keksbergen auf dem Rücksitz.

»Ich fass es nicht«, raunte Juli ungläubig. Sie deutete mit dem Daumen nach hinten, und August, der gerade einen Traktor überholte, folgte nach dem Überholmanöver Julis Fingerzeig.

Dort, zwischen Bananen, einer Packung Erdnüssen, einem Glas Wiener Würstchen, zwei Gläsern Johannisbeermarmelade und einem aufgeschnittenen Graubrot schielte sie das Opossum mit einer Tube Senf im Maul an.

»Der alte Schlawiner … krass!«

»Da mag dich wohl jemand«, stellte August emotionslos fest.

Er blickte Juli fragend an, die seinem Blick standhielt und zustimmend nickte.

»Wenigstens einer.«

»Hahaha.«

»Wir können es ja Mira nennen«, schlug Juli vor.

»Mira? Wie du kommst denn darauf?« Mit hochgezogenen Augenbrauen sah August sie an. Der Name schien ihn zu beschäftigen, denn seine Augenlider zuckten nervös.

»So hieß, ähh, heißt meine Schwester.«

»Ich glaube aber, es ist eine Männchen.«

»Warum? Weil es so schielt?«

»Genau«, sagte August und schielte ebenfalls. Juli musste kichern.

»Warum nicht. Schöne Name«, fügte August ernst hinzu, bevor er in den fünften Gang schaltete. Dann streckte er seine rechte Hand aus und streichelte Miras weiches Fell, die es sich auf Julis Schoß bequem gemacht hatte. »Na, Mira«, sagte er, und auf Julis Unterarmen breitete sich eine Gänsehaut aus, die sie sich nicht erklären konnte. Kalt war es jedenfalls nicht in dem alten Range Rover ohne Klimaanlage, im Gegenteil: Auf dem Armaturenbrett konnte man locker zwei Spiegeleier braten.

»Du hast übrigens heute Nacht im Traum Portugiesisch gesprochen, irgendwas mit sardinhos«, wandte Juli ein. Sie klappte die Sonnenblende runter, die ihr daraufhin gänzlich entgegenfiel.

»Das heißt sardinhas«, korrigierte August sie.

»Besserwisser.«

»Danke«, sagte August und nickte geschmeichelt.

»Das war kein Kompliment«, klärte Juli ihn auf.

»Sondern?«

Juli verdrehte die Augen und scheuchte das missverständliche Gespräch mit einer Handbewegung aus dem Fenster heraus. Mit einem amüsierten Gluckser drückte August sich mit seinem Körper in den Sitz, wie ein Pilot, dessen Maschine gleich abhebt.

»Caramba!« Augusts Leichtigkeit überraschte Juli und sie musste unwillkürlich grinsen. Auch wenn sie es sich nicht eingestehen wollte, sie fing an, August zu mögen. Sie schnappte sich das Bündel Bananen vom Rücksitz und verteilte es an alle Fahrgäste im Wagen. Eine für August, eine für Juli und vier für das Opossum, das die reifen Früchte mitsamt Schale verschlang.

Aus den Wipfeln der hohen Zitterpappeln drangen Motorsägengeräusche. Die Baumriesen standen beidseitig und in gleichmäßigen Abständen hintereinander an einer Landstraße, die in ein kleines Dorf kurz vor der französischen Grenze führte. »FCK Monique« war mit schwarzen, krakeligen Buchstaben auf das Ortsschild gesprüht, vom eigentlichen Namen war nichts mehr zu erkennen. Die flämischen Backsteinhäuser am Dorfeingang mit den Reetdächern erinnerten Juli an ihr Zuhause auf Sylt. Nur dass hier alles flach und jeder Maulwurfhügel bereits ein Berg war. Sie hatte eine Millisekunde Sehnsucht nach dem Meer, der Salzluft, und ja, auch nach zu Hause, doch jetzt war keine Zeit für Sentimentalitäten. Unruhig wanderte sie die Straße hoch und wieder runter. Sie musste Schmiere stehen. Und zwar für August, der sie wieder mal ungefragt zur Komplizin gemacht hatte. Am Ende der Reise könnte sie problemlos auf der Straße überleben oder sogar ein Handbuch schreiben mit dem Titel *Illegal oder scheißegal*, dachte Juli, während sie August, der hinter dem Pick-up der belgischen Baumpflegefirma kniete, ein Daumen-hoch gab. Er hatte auf der

Ladefläche der Belgier einen Schlauch entdeckt, der jetzt aus dem offenen Tankdeckel ragte. Bei Julis Zeichen zog er mit dem Mund so lange an dem Schlauch, bis das Benzin aus dem Tank in den zerbeulten Kanister floss, den er im Kofferraum des Range Rover gefunden hatte. Der Kanister musste mindestens drei viertel voll werden, um über die französische Grenze zu kommen, denn der alte Herr verbrauchte enorm viel Sprit.

Juli schaute sich abermals um, wagte einen Blick in die Baumwipfel, wo die Hälfte des Kletterteams hing.

Die andere Hälfte war losgezogen, um das Mittagessen zu organisieren, das glaubte Juli zumindest, die von Weitem die Worte »faim« und »dejeuner« aufgeschnappt hatte. Jedes Motorsägengeräusch ließ Juli aufzucken. Einundzwanzig, zweiundzwanzig, dreiundzwanzig. Die Zeit verging im Schneckentempo, und Juli atmete erleichtert auf, als August nach ein paar Minuten neben ihr auftauchte.

»Das müsste reichen«, sagte er keuchend, hielt Juli den Kanister hin, die anerkennend nickte. Während sie gemeinsam zurück zum Range Rover gingen, regulierte sich ihr Herzschlag wieder, der bei der Aktion die Frequenz eines Kolibris erreicht hatte.

August warf einen letzten Blick nach oben, doch keiner der Kletterer schien etwas von ihrem Manöver mitbekommen zu haben. Ein schwerer Ast prallte auf den Asphalt, unterdessen füllte August das Benzin ein. Juli, die erst ins Auto und dann wieder ausstieg, rannte zurück zum Pick-up der Belgier.

»Hey«, rief August ihr verwundert hinterher. Kurz darauf stand Juli mit zwei grünen Overalls vor ihm. Wenn sie den Gipfel der Angst erreicht hatte, dann war da plötzlich etwas Neues in Juli. Es war nicht Mut, sondern vielmehr Freiheit. Die Freiheit, über ihren Schatten zu springen, um im Licht zu landen. Ohne Angst.

»Wenn wir schon niemand sind, dann können wir jeder sein«, sagte sie außer Puste, vollgepumpt mit Adrenalin. »Wir können jeden Tag jemand anderes sein, und keiner wird erfahren, wer wir in Wirklichkeit sind.« Sie reichte August einen Overall, der sie anblickte, als hätte sie ihm gerade die Relativitätstheorie auf Griechisch erklärt.

»Okay.« Es klang mehr wie eine Frage als eine Bestätigung, und als sie drei Minuten später in voller Montur in den Range Rover stiegen, um ihre Reise fortzusetzen, schaute August sie fragend an.

»Und wer wir jetzt sind?«

»Landschaftsgärtner?«, antwortete Juli unsicher.

»Ich dachte, Schornsteinfeger.«

Juli schüttelte den Kopf und wollte gerade antworten, als sich ein schadenfrohes Lächeln auf Augusts Gesicht ausbreitete.

»Idiot«, zischte sie und versetzte ihm einen ordentlichen Stoß in die Rippen. Dann fuhren sie los. In neuer Garderobe und mit neuer Energie.

Wolken waren am Sommerhimmel aufgezogen, verformten sich zu Fantasiebildern, lösten sich auf, um sich wieder neu zu formen. Es waren schnelle Wolken, Wolken, die einen ausweglosen Regen verkündeten. Der Range Rover stand an der französischen Grenze in einer Autoschlange vor zwei besetzten Zollhäuschen, wo zwei Beamte gezielt nach etwas suchten. Vielleicht einen Bankräuber oder Geflüchtete, ratterte es in Julis Kopf. Damit hatten sie nicht gerechnet.

Angespannt beobachtete Juli, wie einer der Zollbeamten ein dunkelblaues Regencape überstreifte und dabei trotzdem sehr genau in jedes vorbeifahrende Auto schaute. Er trug einen gezwirbelten Schnauzbart, darunter versteckt waren seine nach unten hängenden Mundwinkel, die Spuren eines trostlosen Lebens waren. Neben dem anderen Zollhäuschen stand ein entspannter Kollege, der alle Reisenden mit einem Lächeln durchwinkte und dabei aussah, als wollte er jedem noch ein Eiffelturm-Souvenir zustecken.

»Nicht der, besser der andere«, raunte Juli August zu, der sie irritiert anblickte.

»Warum?«, fragte er, und noch bevor Juli es ihm erklären konnte, winkte sie der mürrische Beamte zu sich.

»Scheiße.« Hilflos sah Juli August an. Sie hatten weder Pässe noch Dokumente für das Auto dabei. Die anderen Grenzübergänge hatten sie unbemerkt passiert, erst viel später hatte Juli das belgische Länderschild am Straßenrand entdeckt. Eine Passkontrolle würde ihr Rückfahrticket bedeuten, das Aus ihres eben erst begonnenen Abenteuers. In Zeitlupe rollte der Range Rover auf den Grenzbeamten zu, der sie bereits auf seinem Radar hatte. Das verriet sein missbilligender Blick. Er leckte sich die Lippen wie eine Hyäne kurz vor der Fütterung, und Juli schob sich schnell die Kappe tiefer ins Gesicht, um seinem taxierenden Blick auszuweichen. August trommelte nervös mit den Fingern auf das Lenkrad, schaute abermals in den Rückspiegel, und Juli nahm an seiner angespannten Körperhaltung wahr, wie er innerlich einen Fluchtplan vorbereitete. August stoppte den Wagen neben dem Uniformierten, der dicht an ihn herantrat und alles haargenau inspizierte. Er scannte Juli, die seinem bohrenden Blick auswich und ihren Ellenbogen extra gechillt auf die Fensterbank lehnte, dann widmete er sich August, der ihm angriffslustig in die Augen schaute. Ein Blickduell. Wer zuerst wegschaute, hatte verloren. Das Surren einer hartnäckigen Stechmücke, die sich Julis Handgelenk als Anflugziel ausgesucht hatte, fühlte sich für einen Augenblick an wie das einzige Geräusch.

»Bonjour«, unterbrach Juli die beiden Männer. Dabei hob sie grüßend ihre Kappe, sodass ihre feinen Haare darunter aufflatterten. »Il va bientôt pleuvoir«, fuhr sie im Plauderton fort, was bedeutete, dass es bald regnen würde. August drehte genervt den Kopf zu ihr, gar nicht erfreut über Julis Einmischung.

»Oui, c'est vrai«, bestätigte der Grenzbeamte Julis Wetterprognose, dabei hob er den Blick in den Himmel.

»Travaillez-vous ici?«

Juli nickte. Sie konnte sich nicht daran erinnern, jemals gesiezt geworden zu sein.

»Oui, oui, nous avons beaucoup de travail.«

Schweißtropfen liefen Augusts Schläfen hinunter, der angespannt das Gespräch verfolgte.

»Philippe?« Der Grenzbeamte zog die Augenbrauen hoch, deutete mit dem Finger auf das kleine Schild, das auf Julis grünem Overall neben der Brusttasche angebracht war. Da stand tatsächlich Philippe drauf. Fuck! Juli schluckte.

»C'est mon pére … je suis juste le … Hiwi.«

Ein Lächeln huschte über das Gesicht des Grenzbeamten.

»Ich bin auch nur ein 'iwi«, sagte er mit französischem Akzent, um sie dann mit einer eindeutigen Kopfbewegung weiterzuschicken. Puhhhhhh! Das war knapp! Zeitgleich seufzten Juli und August auf. August drückte das Gaspedal durch, und sie wollten sich gerade abklatschen, als sie hörten, wie der Beamte mit der geballten Faust auf das Autodach klopfte.

»Stopp!!!«, rief der Mann sie zurück. August hielt inne, trat auf die Bremse.

»Merda! Und jetzt?« Ängstlich blickte August Juli an, die sich in den Sitz kauerte. Die Hände unter ihren Oberschenkeln vergraben, ihr Herz drei Stock tiefer.

»Keine Ahnung, fahr einfach«, raunte sie August zu, doch im selben Augenblick tauchte das Gesicht des Zollbeamten an Augusts Fensterscheibe auf.

»Wasse ist das?« Mit ausgestrecktem Finger deutete er auf die Rückbank.

»Wir haben nichts zu verzollen, wirklich nicht, wir ...«, stammelte Juli. Die Wolken brauten sich am Himmel zusammen, was ein schlechtes Zeichen sein musste. Alles schien gegen sie zu sein, selbst das Wetter.

August umfasste entschlossen mit beiden Händen das Lenkrad. Würde er einfach Vollgas geben?

»Wie heisste es?« Die Stimme des Zollbeamten klang plötzlich weich, als würde er mit einem Kind sprechen.

Irritiert schauten Juli und August zur Rückbank, wo das Opossum es offenbar geschafft hatte, das hintere Fenster zu öffnen, und jetzt mit einem Keks im Mund herauslugte.

»Ich fass es nicht«, hauchte Juli leise. Sie warf einen Seitenblick zu August, der einen heftigen Lachkrampf bekam. Es war so ein Lachen, wo alle Dämme brachen und sich eine tiefe Anspannung löste. Befreiend, aber auch etwas unheimlich.

»Das ist Mira«, antwortete Juli, und der Grenzbeamte streckte seinen Finger nach dem Opossum aus und berührte es an der Nase.

»Kann ich machen eine Foto?«

»Na klar«, prustete August lauthals, woraufhin der Beamte sein Handy aus dem Regencape zückte. Erste Regentropfen und lautes Gehupe beendeten ihre spontane Fotoaktion, und August und Juli konnten es kaum glauben, als sie anschließend tatsächlich weiterfahren konnten, ohne dass sie irgendjemand nach ihren Papieren gefragt hatte. Das Letzte, was sie sahen, war das strahlende Gesicht des Grenzbeamten, der ihnen hinterherwinkte.

»Ich glaube, der hat sich verliebt«, vermutete Juli, die das Fell des Opossums streichelte.

»Vielleicht Flitterwochen?«, scherzte August.

Juli und August gaben sich ein High five, woraufhin das Tier sie erschrocken anstarrte. Sie hatten einen weiteren Verbündeten in ihrem Team.

August schaltete das Radio ein, und Juli lehnte sich zurück in den Sitz, verfolgte mit ihren Fingern die Regentropfen, die in unvorhersehbaren Linien die Fensterscheibe herunterliefen. Für eine Millisekunde spürte sie so etwas wie Geborgenheit. Es gab nur das Hier und Jetzt: das Prasseln der Regentropfen, den omnipräsenten Ölgeruch, das viel zu laute Motorengeräusch und diese neue Wärme in Julis Herz. Die Welt meinte es gut mit ihnen, so viel stand fest.

Es waren keine fünf Minuten vergangen, da weckte sie Augusts alarmierte Stimme aus ihrem Glücksmoment.

»Der Auto, da! Das kenne ich!« Freudig deutete er mit der ausgestreckten Hand zu dem Wagen, der sie auf der linken Spur überholte. Eine Erinnerung schien zurückzukommen, und Juli, die noch benommen von ihrem Endorphin-Karussell war, rappelte sich neben August auf.

»Echt jetzt, wie cool!«, erwiderte sie, ohne zu sehen, um was für ein Auto es sich handelte. Augusts Gedächtnis würde sich langsam wieder zusammensetzen, da war sie sich sicher, Puzzlestück für Puzzlestück. Als sie sich allerdings aufgerichtet hatte und der Wagen neben ihnen auf derselben Höhe fuhr, traf sie der Blitz. Es war der grüne Pick-up der belgischen Baumpfleger! Mit langen Gesichtern stierten die zwei Kletterer in den Range Rover, längst hatten sie ihre Overalls mit dem schwarz-grünen Baumemblem oberhalb der Brusttasche entdeckt. Der Beifahrer, ein Zweimetermann mit einem überdurchschnittlichen Bizeps, fuchtelte aufgebracht mit den Armen herum und deutete ihnen an, stehen zu bleiben. Er kurbelte das Fenster herunter, schrie etwas Unverständliches über die Straße hinweg.

»Wenn Blicke töten würden, dann würden wir bereits durchlöchert im Seitengraben liegen«, scherzte Juli leise, wobei es nicht wirklich lustig klang.

»Was haben die nur? Das sind doch nur zwei hässliche Anzüge«, wunderte sich August. Eine Minute später wedelte Juli mit einem Hunderteuroschein vor seiner Nase herum.

»Ähh, hab ich grad in der Hosentasche gefunden.«

»Ist das ein gute oder ein schlechte Nachricht?«, fragte August, als hinter ihnen ein kräftiges Hupen ertönte. Die Baumkletterer waren drauf und dran, aus ihrem fahrenden Auto zu springen.

»Caramba!«, rief August, der sich weit über das Lenkrad beugte und das Gaspedal bis zum Anschlag durchdrückte. Der Motor heulte laut auf und Juli sank tief in ihren Sitz. Es war ein Jammer, dass sie keine Superkraft besaß, um sich unsichtbar zu machen. Der Pick-up mit dem A-Team tauchte aus der Abgaswolke neben ihnen auf und gab ebenso Gas. Auf gleicher Höhe rasten die beiden Autos über den französischen Asphalt, der Pick-up dabei aggressiv auf der Gegenfahrbahn. Er versuchte, den Range Rover von der Straße zu drängen, doch im letzten Moment erhöhte die rostige Kiste die Geschwindigkeit, er fuhr auf der Gegenfahrbahn.

Der Tacho kletterte auf hundertsiebzig Kilometer pro Stunde. Augusts Augen leuchteten, er war in Höchstform. Juli hingegen war schlecht, ihre Finger krallten sich im Fell des fiependen Opossums fest. Sie empfand eine Mischung aus Todesangst und Bewunderung, als ein Lkw geradewegs auf sie zusteuerte. August lächelte ihr beruhigend zu, um im nächsten Moment volle Kanne auf die Bremse zu steigen. Abrupt riss er das Lenkrad herum, wendete und raste auf dem Seitenstreifen in die entgegengesetzte Richtung zurück. Verärgert hupte der Baumpfleger, der hinter dem großen Lkw feststeckte. Wütend gestikulierend raste er dem Range Rover hinterher, der sich immer weiter entfernte. August riss die Faust in die Luft, schaute zu Juli, die im Seitenspiegel sah, dass ihr Gesicht mittlerweile käseweiß war.

»Du überraschst mich immer wieder«, sagte Juli mit einem gequälten Lächeln.

»Ich mich auch«, erwiderte August mit einem stolzen Ausdruck auf dem Gesicht, wobei er sich selbst im Rückspiegel betrachtete, länger als sonst und mit einer neuen Lebendigkeit in den Augen. Noch im Fahren öffnete Juli die Tür, kotzte auf die Straße, den Randstreifen entlang. Dicht vorbei am Opossum, das ängstlich in ihrem Fußraum kauerte.

»Geht's dir gut?«, fragte August besorgt. Er bremste den Wagen und legte ihr die Hand auf den Rücken, was bei Juli wieder mal ein heftiges Kribbeln auslöste.

»Bestens.« Sie wischte sich mit dem Handrücken den Mund trocken und sah ihn unverwandt an. So lange und intensiv, dass August wegschauen musste. Was auch immer sie mit dem Jungen verband, sie würde es herausfinden.

9. DIE MEERJUNGFRAU

Zoe trug ihre hennaroten Rastahaare zu einem Turban zusammengewickelt. Ein silberner, offener Ring mit Kugeln an den Enden steckte in ihrer Nase, an ihren Ohren hingen zwei Federn, und wenn sie lächelte, dann bildeten sich zwei Grübchen unter ihren Sommersprossen, und ihr ganzes Gesicht strahlte. Sie trug eine knallgrüne Stoffhose mit weitem Schnitt, eine gelbe Flatterbluse mit weißen Punkten, lila angemalte Holzclogs, und unzählige Ketten hingen um ihren Hals. Es waren Malas, die Zoe selbst zusammenstellte. Für Menschen, die auf der Suche waren, wie sie Juli später aufklärte. Juli sprach ihre Gedanken, dass also alle so eine Kette benötigten, nicht aus. Sowieso war sie seit Zoe, die sie zweihundert Kilometer hinter Toulouse eingesammelt hatten, sehr schweigsam geworden. Zoe war Halbfranzösin, und sie war unterwegs zu einem Schamanenfestival in den Pyrenäen, was auf ihrer Strecke nach Portugal lag. Die zweihundert Euro, die sie für die Mitnahme angeboten hatte, hatten schlussendlich auch Juli überzeugt, da sie das Geld gut gebrauchen konnten. Zudem durfte sich Juli am Ende ihrer Reise eine Mala aussuchen. Na super. Es schüttete wie aus Kübeln, pralle Maisfelder zogen am Fenster vorbei, und eingepfercht zwischen Zoes Rucksack und ihrer Bongo-Trommel, saß Juli jetzt auf der staubigen Rückbank, überfordert mit einem für sie neuen, unangenehmen Gefühl, das sie erst mal einordnen musste. Das lilablaue Gefühl für Abenteuer wich einem zähflüssigen Gelb. Sie ärgerte sich, dass Zoe auf dem Platz saß, der ihr gehörte. Nämlich neben August. Daher hatte sie beschlossen zu schweigen. Vielleicht gab es auch eine Kette gegen Zirzen, denn das war es, was Zoe mit August machte. Sie bezirzte ihn. Ihr Schlangenblick und ihr angemalter roter Mund hypnotisierten August, und als Zoe wissen wollte, wie er heiße, begann er, wie ein Wasserfall zu reden. Was machte diese Frau mit ihm? Blöd, dass die Ohren keine Ohrenlider hatten, das hatte Gott wohl beim Erschaffen des Menschen vergessen, dachte Juli, die mit geschlossenen Augen auf dem Rücksitz saß und notgedrungen jedes Wort ihrer Unterhaltung mithörte.

»Seitdem weiß ich nichts mehr aus meine Leben, alles gelöscht. Als würde ich in eine Gefängnis leben. Deshalb hab ich keine Namen. Juli nennt mich August«, schloss er seine Geschichte ab. Juli hörte, wie Zoes Ketten durch ihre Finger glitten, und sie hätte sich nicht gewundert, wenn sie gleich ihre Glaskugel hervorgeholt hätte, um Augusts Herkunft zu orakeln.

»Auguste, oh, du arme Mann«, sagte sie mit ihrem französischen Akzent, und Juli sah aus einem blinzelnden Auge, wie sie ihre Hand, deren Fingernägel jeweils in einer anderen Farbe lackiert waren, auf sein Knie legte. Das Mitgefühl, das sie für August hegte, schien echt, was Juli nur noch mehr wurmte.

»Das klingt nach eine posttraumatische Störung.«

»Ein was?«

»Das haben wir im Medizinstudium durchgenommen, in dem vierte Semester.«

»Du studierst Medizin?«, raunte August beeindruckt. »Cool!« Juli öffnete ein Auge, plötzlich war ihre Neugierde geweckt.

»Wenn du magste, kannste du mitkommen auf diese Festival. Es ist eine magische Ort und es sinde nur nette Menschen dort. Sie machen Rückführungsrituale, damit man besser versteht, wer man ist.«

»Aha«, sagte August, wobei er Zoe fragend anschaute.

»Ich kenne die Schamane persönlich. Die kann dir bestimmt helfen.«

»Was meinst du?« August warf einen Blick in den Rückspiegel, suchte Julis Zustimmung. Doch Juli schlief. Also sie tat so. Ihr Kopf lehnte an Zoes Rucksack, der nach indischen Räucherstäbchen roch und den sie am liebsten aus dem Fenster geschmissen hätte. Alles in ihr schrie NEIN!!!, großgeschrieben und mit drei Ausrufezeichen. Doch stattdessen gab sie keinen Mucks von sich.

»Überlegt es euch.« Zoe blätterte durch den Atlas und nannte ihm die nächste Ausfahrt, die sie nehmen mussten, ohne Straßengebühren zu zahlen. Dann begann sie, zu dem französischen Lied im Radio zu singen. So leicht und vergnügt, als könnte niemand in der Welt ihr etwas anhaben. Juli brannte innerlich. Zum ersten Mal, seit Juli mit dem fremden Jungen, den *sie* August nannte, pah!, unterwegs war, fühlte sich Juli überflüssig. Mira krabbelte auf ihren Schoß, was Juli nicht wirklich tröstete. Alles in ihr war gelb, und plötzlich wusste sie, was es für ein Gefühl war, das sie lähmte und sich in ihr ausbreitete wie ein giftiges Sekret: Es war Eifersucht.

Juli wachte erst wieder auf, als August den Wagen stoppte. Sie war in einen traumlosen Schlaf gefallen, erschlagen von ihren eigenen Gefühlen und Gedanken. Sie hatte nicht mitbekommen, wie der Wagen, begleitet von Dauerregen, stundenlang die Serpentinen hochgeächzt war, wo es dann auf dem höchsten Punkt der Pyrenäen abrupt aufgehört hatte zu regnen. Es war bereits dunkel draußen und der Vollmond leuchtete majestätisch am Himmel. Der Range Rover parkte auf einer matschigen Wiese zwischen Wagenburgen, alten Campern und modernen Zelten. Lautes Getrommel klang aus der Ferne, dazu ertönten rhythmische Gesänge. Juli rappelte sich hoch und wischte mit dem Unterarm die Fensterscheibe frei, doch die Dunkelheit ließ sich nicht wegwischen. Genauso wenig wie dieses gelbe Gefühl in ihrer Magengrube, das sich dort eingenistet hatte wie ein Kuckucksei.

Zoe war rot. Sie war eine gefährliche Hexe, da war sich Juli sicher, auch wenn August in ihr den rettenden Engel sah. Das signalisierte seine Körpersprache. Sein Oberkörper war ihr zugewandt, und trotz der langen Fahrt und der dunklen Ränder funkelten seine Augen wie verzaubert, als er den Motor ausschaltete.

Zoe beugte sich zu August rüber und gab ihm einen Kuss.

»Merci! Du biste die Beste!« Dann drehte sie sich zu Juli um. »Kannste du mir geben meine Rucksack, Kleines?«

»Naturellement«, keifte Juli, während sie den Rucksack und die Bongos zwischen den Fahrersitzen durchdrückte und mit einem festen Tritt nachhalf, sodass es Zoe zurückwarf.

»Au revoir.« Diesmal fiel Juli der Abschied leicht. Sogar sehr leicht. Während Zoe lachend aus dem Auto stieg und ihren Rucksack schulterte, wanderte Augusts Blick unschlüssig zwischen Juli und Zoe hin und her.

»Zoe hat erzählt, die machen so Rituale hier, wo man sich findet und vielleicht erinnert.«

» Wir müssen nach Portugal, da kommst du doch her«, versuchte es Juli, die nach vorne geklettert war, auf *ihren* Beifahrersitz.

»Aber vielleicht weiß ich danach, genau woher und … bis jetzt ist alles noch Nebel und …«, weiter kam er nicht, denn Zoe streckte die Hand nach ihm aus.

»Na, komm schon, Junge ohne Name.«

»Er heißt August«, presste Juli hervor.

»Ja, das ist eine gute Fantasiename für dich«, fügte Zoe anerkennend hinzu, »ist von dir, oder?«

Juli nickte stumm. Zoe war so anders als sie. Sie war so lebensfroh, dachte Juli, die dabei nur Zoes ausgestreckte Hand im Blick hatte. »Komm auch mit, dann bist du danach nichte mehr so traurig, vielleicht.«

Empört richtete Juli sich auf. Was bildete sich diese blöde Kuh eigentlich ein? Sie war nicht traurig, sie wollte einfach nur weiter.

»Lass uns weiterfahren«, sagte sie zu August, dessen Blick nervös zwischen ihnen hin und her zuckte. In einem weiten Satz sprang das Opossum von hinten erst auf Julis Schoß, dann auf Zoes Schulter. Zoe lachte laut auf.

»Du verstehst mich, was? Hast *du* wenigstens eine echte Name?« Zärtlich streichelte sie das Opossum, das an ihrem Federschmuck schnüffelte.

»Mira«, antworteten Juli und August synchron, wobei ihre Stimmlage nicht unterschiedlicher sein konnte. In Augusts Stimme lag Zuneigung, in Julis Stimme Abneigung.

»Komm her!«, befahl Juli dem Opossum, das sich plötzlich nur noch für Zoe interessierte.

»Mira? Das ist eine schöne Ort in Portugal, direkt an der Küste«, klärte Zoe sie auf.

August runzelte nachdenklich die Stirn. »Vielleicht kommt mir deshalb die Name so bekannt vor.«

»Ha! Vielleicht kommst du da her. Wir müssen dahin, sofort«, schoss es aus Juli heraus, und voller Wucht knallte sie die Beifahrertür zu. So heftig, dass Zoe erschrocken zurückwich.

Juli beugte sich zu August vor. »Komm, wir fahren weiter.«

»Du wolltest doch immer, dass ich mich erinnere«, entgegnete August. Ohne Julis Reaktion abzuwarten, stieg er aus dem Auto.

»Ja, aber doch nicht so.«

»Wie? So?«

»Mit so einem albernen Ritual.«

Juli beugte sich zu August über den Fahrersitz und fügte leise hinzu: »Die spinnt doch voll!«

Kopfschüttelnd fing August an zu lachen, und zwar so laut, dass zwei Festivalbesucher, die neben ihn parkten, neugierig zu ihnen herschauten.

»Vielleicht du spinnst auch einfach nur«, zischte er Juli zu. Und dann ging er zu Zoe.

»Warte. Ich kommen mit!«

»Oh, wie schön«, sagte Zoe, während sie August an der Hand packte und Juli zuwinkte.

»Na komm«, rief sie Juli zu, die wie festgetackert auf dem Beifahrersitz saß. »Auf in die Leben!«

Juli konnte es nicht fassen. Schockgefrostet beobachtete sie, wie Zoe und August mitsamt dem Opossum auf die mittelalterliche Burgruine zusteuerten, aus der Musik drang. Mit einem Schlag war Juli sehr alleine. Darauf war sie nicht vorbereitet gewesen. Nach dem ersten Schreck breitete sich eine weiße Traurigkeit in Juli aus, doch um keinen Preis würde sie jetzt losheulen. Die Lippen fest aufeinandergepresst, knipste sie das Autolicht über dem Rückspiegel an, blätterte wahllos durch den Atlas, um nach dem portugiesischen Ort *Mira* zu suchen. Sie versuchte, sich zu konzentrieren, nicht an August oder Zoe zu denken, doch ihre Gedanken gehorchten ihr nicht. August war der erste Mensch gewesen, dem sie nach Miras Verschwinden angefangen hatte zu vertrauen. Und jetzt? Sitzen lassen hatte er sie, einfach ausgetauscht durch diese mysteriöse junge Frau, die nicht viel älter war als Juli. Mira hätte sie niemals alleine gelassen. Doch Mira kannte sie auch. Sie waren zusammen aufgewachsen. Über August wusste sie nichts. Ein Mensch war keine eigene Welt. Und auch kein Planet. Jeder Mensch war ein Universum. Unergründbar und weit, weit entfernt. Mit seiner eigenen Geschichte, seiner eigenen Zeit und seiner eigenen Energie. Ein Mensch konnte das größte Glück oder das größte Unglück bedeuten, Liebe oder Schmerz. Dabei war es doch nur *ein* Mensch. Wie absurd, was ein einziger Mensch in einem Leben ausmachte. War das normal? Oder war es vielmehr Juli, die in dem Gegenüber immer ihre Schwester suchte, diese maximale Nähe, die ohne jeden Dialog ausgekommen war? Sie war so auf die Welt gekommen. So verbunden. Wie sollte sie sich je an ein Leben ohne ihre Schwester gewöhnen?

Alleine war sie eben nur eine Hälfte.

Ein dumpfes Klopfen riss sie aus ihren Gedanken. An der Fahrerfensterscheibe klebte das Gesicht eines spanischen Hippies, der so entspannt aussah, als würde er im Stehen schlafen können. Er war bestimmt schon Mitte vierzig, das verrieten seine Lachfalten um die hellbraunen Augen, über denen seine Augenlider schlaff herunterhingen. Mit platt gedrückter Nase musterte er Juli, die vor Schreck den Atlas fallen lassen hatte und schnell alle Knöpfe verriegelte. Trotz seines Weltfriedengesichts hatte der Blick des Hippies etwas Diabolisches.

»Te conozco!«, rief der Typ, der einen langen, gefilzten Pferde-schwanz hatte. Er drückte sein Gesicht fester gegen die nasse Fens-terscheibe, samt dem Pappbecher, den er in der Hand hielt.

»Was?« Argwöhnisch blickte Juli den verspulten Typen an. Ihre Knie umarmend, hockte sie auf dem Beifahrersitz und wünsch-te sich August herbei. Sie ärgerte sich selbst darüber, dass August in den letzten Tagen so viel Platz in ihrem Leben eingenommen hatte. Mit ihm an ihrer Seite hatte sie sich beschützt gefühlt. Das würde sie ihm aber niemals sagen.

»Te conozco«, wiederholte der Hippie seine Worte.

»Ich versteh kein Wort«, entgegnete Juli, woraufhin der Typ sein Handy aus seiner zerfledderten Jeans zog. Er hatte sie zwar nicht richtig gehört, aber anscheinend war ihm sein Anliegen wichtig, denn nachdem er superschnell etwas hineingetippt hatte, presste er das Handy an die Fensterscheibe. Auf dem hellen Display stand in einem Spanisch-Deutsch-Übersetzungsprogramm: »Ich kenne dich.«

Stirnrunzelnd sah Juli den Hippie mit seinem Peace-Grinsen an. Juli kurbelte die Fensterscheibe zwei Zentimeter herunter, nahm durch den offenen Spalt sein antikes Androidhandy entgegen und tippte:

»Verschwinde.«

»Aber ich weiß, wer du bist.«

»Dann weißt du ja mehr als ich.«

Bei Julis Antwort brach der Hippie in schallendes Gelächter aus, so laut und lange, dass Juli sich reflexartig umsah, ob jemand et-was von dem freigelassenen Irren mitbekam. Er gluckste, als hätte er Schluckauf, und Juli konnte sich nicht erinnern, jemals so ein bizarres Lachen gehört zu haben. Unaufhörlich warf er dabei den

Kopf vor und zurück. Sein sonderbares Gelächter steckte Juli an und die Angst fiel von ihr ab. Der Typ war zwar nicht ganz dicht, aber er war harmlos. Sein Mobiltelefon in der Hand, tippte Juli, deren Neugierde geweckt worden war, weiter.

»Und woher kennst du mich?«

Sie schob das Telefon zurück durch den Fensterspalt und der grunzende Typ schrieb ihr zurück.

»So ein verletzliches Gesicht vergesse ich nicht so schnell.«

Plötzlich fiel bei Juli der Groschen. Vielleicht kannte er ja ihre Schwester, vielleicht war Mira hier? Deshalb kam ihm ihr Gesicht so bekannt vor. Stürmisch öffnete sie die Tür, wobei der Hippie mitsamt seinem Handy im Matsch landete. Sie sprang über ihn hinweg, spurtete los in Richtung Festival.

Hoffnung ist etwas Gemeines. Sie verfälscht die Realität. Sie treibt uns in die falsche Richtung, beleuchtet Schatten, die Schatten bleiben. Sie ist nicht grün, sie ist matschbraun. Also die Farbe, die ihr Overall nach ihrer wahnhaften Suchaktion angenommen hatte, dachte Juli, als sie nach einer Stunde völlig erschöpft unter einem verfallenen Steinbogen am Rande des Festivals auf die Erde sank. Wie eine Irre war sie über die belebte Festwiese gerannt, vorbei an den Hippies und Tipis, die überall auf dem Gelände verteilt waren. Blind vor Sehnsucht, war sie über die weite, unebene Grasfläche mit den niedrigen Felsvorsprüngen gejagt, hatte sich die Knie blutig geschlagen zu der Springbrunnen-Panflötenmusik, die aus den Lautsprechern kam, die in den Fenstern der Ruine standen. Jeden Winkel hatte sie nach ihrer Schwester abgesucht, wobei keiner der anderen Festivalbesucher von ihr Notiz genommen hatte. Verrückt sein war hier normal. Zu beschäftigt waren alle mit ihrer eigenen

Suche. Einschließlich August, den sie in einer Gruppe entdeckt hatte, die im Kreis um ein großes Feuer gesessen hatte. Neben ihm hatte Zoe auf ihn eingeredet oder eher eingesungen. Mit Trommelmusik und säuselnder Stimme, was Juli dazu veranlasst hatte, lieber weiterzusuchen.

Mit den Armen stemmte sie sich in der Dunkelheit hoch, wischte sich mit ihren Matschhänden das Gesicht frei, in dem ihre Haare klebten. Sie stellte ihre Augen scharf, der Vollmond assistierte ihr dabei. Die Sterne waren hier näher, der Wind war kühler und die frische Luft strömte in Julis Blutbahn wie ein isotonisches Getränk nach einem Marathon. Erst mit dem neuen Sauerstoff im Blut nahm sie den eindrucksvollen Ort richtig wahr: Es war eine Ruine aus dem Mittelalter mit seltsam arrangierten Steingruppen, die wie Stalagmiten aus der Erde ragten. Ein dichter Wald schirmte die Ruine ab, die magisch beleuchtet war. Laserlichtspiele tanzten über die alten Gemäuer, wobei der Vollmond der eigentliche Held der Nacht war. Unantastbar und stolz.

Auf dem Festival gab es Verkaufsstände mit Sachen, von denen Juli noch nie im Leben etwas gehört hatte. Räucherwerk, okay, aber ein Zelt mit einer Liege, wo ein dunkelhaariger Mann um eine Frau herumsprang, die dazu stöhnte, als würde sie gleich dem Scharfrichter vorgeführt werden? Bunte Sprays für jede Gemütslage; ein Fotoautomat, in dem man die Aurafarbe fotografieren konnte; ein Zelt mit Musikinstrumenten amerikanischer Ureinwohner, vor dem drei nackte Kinder gebannt dem Regenmacher lauschten, den eine junge Mutter ihnen vorführte. Alle Altersgruppen waren vertreten, und Juli wunderte sich über die Anzahl der Menschen, die hier zusammengekommen waren, um den Vollmond zu besingen. Es waren Hunderte. Fackeln wiesen den Weg zur Gastronomieecke, überall brannten kleine Feuer. Es roch nach Weihrauch und Salbei, ein paar Leute tanzten, hielten sich an den Händen, andere legten bedeutungsvoll Steine in die Flammen und murmelten dabei irgendwelche Wünsche und Lossagungen.

Vollgespritzt mit Matsch, pellte sich Juli aus dem Overall. Auch wenn sie dabei kein Schmetterling wurde und die Transformationen in weiter Ferne lagen, fühlte sie sich zehn Kilo leichter. Angezogen von dem Geruch gegrillter Maiskolben, mischte sich Juli unter das bunte Festivalvolk. Auch um August besser beobachten zu können, der immer noch um das Feuer saß. Er wirkte wie benommen, das erkannte Juli an seinem Kopfwippen, und sie wusste nicht, ob sie zu ihm stürzen oder ihn besser in Ruhe lassen sollte. Sie ging zu dem nahe stehenden Musikzelt, schaute die Trommeln durch, wobei ihr Blick immer wieder zu August wanderte. Ihm gegenüber stand jetzt ein Mann mit langen grauen Haaren, bekleidet nur mit einer Hose mit Hosenträgern, aber ohne Hemd: Es war eindeutig der Schamane. Das erkannte Juli an seinen schwarzen Augen, die gleichzeitig Ruhe und Wissen ausstrahlten. Er reichte August einen Becher, der daran roch und angewidert die Nase rümpfte.

»Muss ich die trinken?«, hörte Juli ihn von Weitem nuscheln. Es tat gut, seine vertraute Stimme zu hören, inmitten dieser fremden Welt.

Der Schamane reagierte nicht auf seine Worte und das Dutzend Freaks in dem Steinkreis auch nicht. Sie starrten in das Feuer, als würden die Flammen zu ihnen sprechen und jede Therapie ersetzen. Nur Zoe reagierte. Bestärkend schaute sie August an, strich ihm eine Haarsträhne hinter das Ohr. Das Opossum saß dabei wie eine Katze auf ihrer Schulter.

»Du willst dich doch wiederfinden oder möchtest du lieber eine Gefangene bleiben?«

August zögerte, schaute sich nach allen Seiten um. Juli, die das Gefühl hatte, dass er nach ihr Ausschau hielt, wollte ihm ein Zeichen geben und schreien *Nein, lass das!*, doch sie rührte sich nicht vom Fleck. Sie war ohne Macht. Sie ballte Fäuste in ihrer Hosentasche und ihre Fingernägel bohrten sich tief in die Handflächen. Aus der Nähe beobachtete sie, wie der Schamane einen unsichtbaren Becher hob und ihn an seine Lippen setzte. Synchron folgte ihm August, setzte seinen Becher an und trank ihn in einem Zug leer. Dabei schloss er die Augen, und Juli sah, wie er mehrmals würgte. Zoe strich ihm zärtlich über den Arm, was Julis Wut steigerte. Sie verstand nicht, was diese Frau August zuflüsterte, sie verstand nur, dass sie etwas unternehmen musste, nur was? Zeitgleich mit Zoe, die singend lostrommelte, zog der Schamane eine Flöte aus der Hosentasche.

Der Moment, der Juli endgültig aus ihrer Starre riss, war, als August fünf Minuten später sein T-Shirt und seine Hose auszog, um mit nackten Füßen durch die Flammen zu steigen.

»August!«, schrie Juli. So schnell war sie noch nie gerannt. In Sekundenschnelle war sie zu ihm gesprungen, hatte ihn am Oberarm gepackt, ihn von dem Feuer weggezogen, auch wenn sich August mit Armen und Beinen wehrte. Er trat nach Juli, erwischte sie am Schienbein und sah sie aus glasigen Augen an. Juli spürte den Tritt nicht. Viel schlimmer war, dass August sie nicht mehr erkannte. Das sah sie in seinem Blick. Alles war gelöscht. Auch die letzten Tage, die sie zusammen verbracht hatten. Sie hatte immer gewollt, dass er sich erinnert, und jetzt? Das Gegenteil war der Fall. Wie ein Wildschwein begann sich August direkt neben der Feuerstelle in der lehmigen Erde zu wälzen, was den Schamanen und seine Anhänger nicht beeindruckte. Sie musizierten weiter, als wäre es das Normalste der Welt. Juli stemmte die Arme in die Seite, sah sie vorwurfsvoll an, besonders Zoe, die ruhig weitertrommelte.

»Was habt ihr mit ihm gemacht?«

Wütend trat sie gegen den Stein, auf dem August zuvor gesessen hatte. Die Augen des Opossums funkelten sie fremd an, Zoe lächelte und beendete ihr Getrommel.

»Entspann dich«, sprach sie leise. Mit einer Handbewegung wies sie Juli an, sich neben sie zu setzen, was Juli nur noch wütender werden ließ. Zoe drückte ihr eine Mala in die Hand, die sie aus ihrem Kettengemenge von ihrem Hals gefischt hatte. Hellblaue, türkisfarbene und weiße Steine, aneinandergereiht mit olivförmigen Kernen.

»Hier, das wird dir helfen.« Bedeutungsvoll überreichte sie Juli die Kette, die Juli gleich darauf ins Feuer warf. Es knisterte seltsam.

»Ich brauche keine Hilfe«, schrie Juli, den Blick auf August gerichtet, der sich in dem Moment aus dem Matsch erhob, die Arme ausbreitete und um das Feuer flog.

»Iohhhhhhhhhh, iohhhhhhhhhhhhhh!«, schrie August, und es klang wie das verzweifelte Rufen eines Steinadlers. Juli wollte ihm hinterherspringen, doch irgendetwas hatte sie am T-Shirt gepackt. Es war die Hand des Schamanen. Sie war kühl und weich.

»Lass ihn. Das ist seine Reise.« Der Schamane hatte eine tiefe Stimme, und wenn Juli aus den Augenwinkeln nicht Augusts Gesicht gesehen hätte, das sich in eine gequälte Fratze verwandelte, dann hätte sie dem väterlichen grauhaarigen Mann mit den dicken Augenbrauen vertraut. August breitete seine Arme aus und in einem Riesensatz sprang er über das Feuer hinweg, schlingerte in großen Bögen über die Wiese, rannte hinein in den dunklen Wald. Fasziniert schauten ihm alle nach. Plötzlich waren sie wach.

»Er fliegt!«, rief Zoe freudig. Juli schlug die Hand des Schamanen weg, sie musste August hinterher.

»Lass mich los, du Trottel! Ich muss ihm helfen!«

Ohne seinen Griff zu lockern, blickte der Schamane sie mit einem milden Lächeln an, schaute direkt in ihre Seele hinein.

»Bei unserer Reise sind wir alle alleine.«

Die Gruppe um das Feuer nickte andächtig, nur Juli nicht, die außer sich war.

»Man lässt niemanden alleine. Niemals!«, schrie sie so laut, dass selbst der Schamane sie anstarrte. »Bei keiner Reise!«

»Du bist ein Bär«, sagte der Schamane beeindruckt zu Juli, die sich in dem Moment mit all ihrer Kraft losriss, um August in den Wald zu folgen. Wutentbrannt rannte sie über die Festivalwiese und bemerkte dabei gar nicht, dass ein Stofffetzen ihres T-Shirts fehlte.

10. Das Geisterschiff

In dieser Nacht hatte der dichte Wald nicht nur August verschlungen, sondern auch Juli. Mehrmals schrie sie Augusts Namen, doch von dem Jungen fehlte jede Spur. Wie in Trance irrte sie zwischen den hohen Bäumen hindurch, stolperte über die Wurzeln, die aus dem moosbedeckten Waldboden herausragten. Sie lief immer tiefer in den Wald. Die Blätter raschelten, die Äste zerbrachen unter Julis Schritten, Zapfen fielen von den Bäumen, landeten dicht neben Julis blanken, aufgerissenen Füßen. Ihre Flip-Flops steckten irgendwo im Matsch fest. Sie war so schnell gerannt, dass sie es nicht mal bemerkt hatte.

»August!!!« AugustAugustAugust. Ihr Echo war die einzige Antwort. Von Anfang an hatte sie Zoe nicht vertraut, diese Hexe im Schafspelz hatte sie voneinander getrennt, einen Keil zwischen sie getrieben. Und jetzt? Wo war August bloß? Sie drehte sich um, da war ein Geräusch. Eine Fledermaus flog auf, Juli schrie. Die Panik verströmte ihr lähmendes Gift. Hechelnd drehte Juli sich im Kreis, schaute sich in dem finsteren Wald um, bekam ihren Atem nicht mehr unter Kontrolle. Sie stolperte weiter, fiel, blieb zwischen den Farnen liegen. Die Feuchtigkeit der Erde durchdrang ihr T-Shirt, vermischte sich mit ihrer nass geschwitzten, heißen Haut. Sie dampfte regelrecht. Um sie herum eine Kakofonie aus unheimlichen Lauten und leuchtenden Tieraugen, die sich ihr näherten. Todesangst packte ihren Körper, ihr Herz raste. Sie hob den Kopf. Selbst der Vollmond hatte sie verlassen. Hier war kein Licht mehr. In der totalen Finsternis sah sie nicht mal mehr ihre eigene Hand, mit der sie sich die Augen zuhielt. Es machte keinen Unterschied. Es war stockdunkel. War das der Tod? Fühlte sich das so an, wenn man starb?

Plötzlich wurde es mucksmäuschenstill. Für einen Moment lang tauchte ihre Schwester auf, legte sich neben sie in das feuchte Moos. Sie hielten sich an den Händen, und zusammen schauten sie zwischen den Wipfeln der Bäume hindurch, die sich im Wind bogen und einen kurzen Blick in den sternenklaren Himmel freigaben. Eine Sternschnuppe löste sich. Ein Seestern ist eine Sternschnuppe, die ins Meer gefallen ist und am Meereshimmel weiterleuchtet, hatte ihre Schwester immer gesagt und gelacht, wenn sie einen Seestern gefunden hatten.

Tränen liefen Juli über die Wangen, stumme Tränen, die weder glücklich noch traurig waren. Sie waren salzig. Juli drehte den Kopf zu Mira, die dicht neben ihr lag. Körper an Körper, Haut an Haut. So wie in ihrer Fruchtblase. Das Gefühl der tiefen Verbundenheit erfüllte Juli – eine Verbundenheit, die über den Tod hinauszugehen schien. War das das unsichtbare Dritte? War es das, was Hilde gemeint hatte? Wenn das der Tod war, dann war er gar nicht so schlimm, wie sie immer gedacht hatte. Mit geschlossenen Augen lauschte sie ihrem Atem, dem Wald, dem Schlaf, der sich ihr lautlos näherte und sie in seinen Armen wog.

Juli war nicht tot. Sie war quicklebendig. Das verriet ihr Körper. Es gab keine Stelle, die nicht schmerzte, selbst ihre Kopfhaut brannte. Sie fühlte sich wie ein Jungvogel, der kopfüber aus dem Nest gefallen war. Orientierungslos und ohne Kraft. August war wie vom Erdboden verschluckt und Julis Mission war gescheitert. Sie wollte nach Hause. Und das so schnell wie möglich. Auch wenn sie den Tod in der letzten Nacht als nichts Beängstigendes erfahren hatte, der Waldboden war hart gewesen, und noch vor Sonnenaufgang hatte Juli sich auf den Weg gemacht, um ihr Handy aufzuladen und nach Netz zu suchen.

Die Festivalwiese war verwaist, von den Feuerstellen waren nur noch Aschehaufen übrig, manche davon qualmten noch. Ein dünner Schleier lag dicht über dem Gras und Juli rieb sich die Oberarme warm. Die Sonne hatte es noch nicht über die Berge hinaus geschafft und es wehte ein frischer Wind. Julis Haut war mit roten Striemen übersät, Fichtennadeln steckten in ihren Haaren. Fröstelnd bahnte sie sich einen Weg zwischen den Campingmobilen durch, die in der Nähe des Range Rover geparkt waren. Bei den drei ersten Versuchen blieben die Türen der Camper verschlossen. Erst nach mehrmaligem Klopfen öffnete sich endlich die Tür eines Wohnmobils aus den Achtzigerjahren, auf dessen Dach eine überdimensional große Satellitenschüssel angebracht war. Von drinnen erklang eine deutsche Radiostimme. Ein kleines Kind stand in der Tür, seine Haut hatte braune Flecken, und Juli war sich nicht sicher, ob das die natürliche Gesichtsfarbe des Kindes war.

»Hola!«, sagte das Kind und blickte Juli aus strahlend blauen Augen an. Es war höchstens fünf Jahre alt. Juli rang sich zu einem Lächeln durch.

»Haben deine Eltern zufällig WLAN?« Sie hielt dem Kind ihr Telefon hin und deutete mit dem Zeigefinger auf die Satellitenschüssel. »Es ist wichtig. Ich muss dringend nach Hause telefonieren.«

Grimassen ziehend, legte das Kind den Kopf schief zur Seite, immer weiter, sodass es fast umfiel.

»Kaya!«, hörte Juli eine sonore Stimme rufen, und zwei Sekunden später tauchte der Schamane in der Tür auf. Seine Mundpartie war bedeckt mit Rasierschaum und er balancierte gleichzeitig einen schlafenden Säugling und eine Wassermelone in den Armen.

»Haben Sie zufällig WLAN und Strom? Mein Akku ist fast leer«, fragte Juli mit angeschlagener Stimme. Die Augen des Schamanen fixierten sie, und bevor Julis Gesicht die Farbe eines Pavianhinterns erreicht hatte, drückte er ihr die Wassermelone in die Hand und nahm ihr Telefon entgegen, um es interessiert zu mustern.

»Hab ich alles. Warte.« Mit dem Säugling im Arm verschwand er hinter der Tür und tauchte kurz darauf wieder auf.

»WLAN ist: Aho-ahea-aye, mit Bindestrich. Hier. Der *Trottel* hat auch ein Telefon«, tönte er amüsiert, und Juli wäre am liebsten im Erdboden versunken. Er überreichte ihr sein Handy.

»Ich will auch dein Handy«, schrie das kleine Mädchen wie am Spieß, »wieso bekomme ich das nie?«

Mit einer knappen Kopfbewegung deutete der Schamane hinter seinen Wohnwagen, wo Juli schnellstmöglich hin verschwinden sollte, denn der Säugling stimmte in das Geschrei mit ein.

»Dort hast du Netz. Ist ein Hotspot«, sagte der Schamane laut, woraufhin er ihr die Wassermelone wieder abnahm und mit seinem plärrenden Anhang in dem Wohnwagen verschwand.

In ihrer Hand hielt Juli das allerneueste iPhone-Modell, so neu, dass selbst sie es noch nie zuvor gesehen hatte. Ohne zu zögern, wählte sie die Nummer ihres Vaters, die sie zum Glück auswendig wusste, da ihre Mutter mit ihr die Telefonnummern für Notfälle rauf und runter geübt hatte. Bei jeder Autofahrt, sei es zum Supermarkt oder zum Schwimmbad, musste Juli die Notrufnummern aufsagen. Das waren Julis Vokabeln gewesen. Eine Zeit lang hatte sich Juli darüber immer lustig gemacht, jetzt war sie heilfroh über die Spleens ihrer Mutter.

»Hallo?«

Juli erstarrte, als sie die Stimme ihres Vaters in der Leitung hörte, schluckte ihre Gefühle herunter, die in ihr hochschossen wie unkontrollierte Feuerwerkskörper. Eingepfercht zwischen den Wohnwagen, blickte sie sich Hilfe suchend nach allen Seiten um, schaute an sich herunter auf ihre matschverkrusteten Beine und zerstochenen Füße. Was würde ihr Vater wohl bei ihrem Anblick sagen?

Anstatt eines lauten Freudenschreis kam nur ein leises »Papa?« aus ihr heraus.

»JULI!!!«

Das war nicht Hans' Stimme, die ihren Namen schrie. Es war August, der von Weitem auf sie zugerannt kam. In derselben Richtung kletterte zeitgleich die Sonne hinter den Bergen hervor und Juli schirmte das gleißende Licht mit ihrer Hand ab. Erleichterung und Freude lagen auf seinem Gesicht. Außer Milchreis hatte sich selten jemand so gefreut, sie wiederzusehen, dachte Juli, deren Gesichtszüge sich jetzt auch etwas entspannten. Kurz entschlossen, drückte sie die Auflegetaste des Handys, aus dessen Lautsprecher ein aufgeregter Hans zu hören war. Augusts Ankunft war jetzt wichtiger als das Gespräch mit ihren Eltern, das bemerkte sie an der Gänsehaut, die sich auf ihrem ganzen Körper gebildet hatte. Und irgendwie auch in ihrem Körper. Sie rannte ihm entgegen.

»August!«

»Juli!«

»August!«

»Juli!«

Es war wie in einem Film. Die Reißverschlüsse einiger Zelte wurden geöffnet, hinter den Klappfenstern der Wagenburgen tauchten verschlafene Gesichter auf, die das Wiedersehensspektakel neugierig beobachteten. Mit ausgebreiteten Armen rannte August auf Juli zu, schlang seine Arme um sie und hielt sie fest. Nach ein paar Sekunden wollte sich Juli aus der Umarmung herauswinden, wie ein Hund, der den Regen aus seinem Fell abschüttelt, aber Augusts Umarmung war fest. Und sehr lange. Sein Gesicht glühte, alles an ihm glühte, und eine Hitzewelle schoss durch Juli, die nicht wusste, wie ihr geschah. Das war neu, und ihr fiel keine Farbe für dieses unbekannte Gefühl ein, das sich in ihr ausbreitete wie ein Virus.

»Wo warst du?«, nuschelte Juli in seinen Hals. Wie angewurzelt stand sie da, ließ es geschehen, überfordert von ihren eigenen Gefühlen. Endlich ließ August sie los, sein Gesicht war jetzt ganz dicht vor ihrem. In ihm schien sich etwas verändert zu haben oder warum schaute er sie so seltsam an? Sie war doch keine Heilige. Glücklich sah er aus, und es schien, als würde er sie zum ersten Mal richtig anschauen.

»Wenn du wüsstest, was ich habe erlebt. Es … es … es war furchtbar! Später muss ich alles erzählen. Ich weiß nicht, was diese Leute mit mir gemacht hat, aber dafür, am Ende, also da, da, da war eine Mann in meine Traum, ich hab ihn gesehen. Hier …«, sprudelte es aus ihm heraus. Ebenso verwirrt wie Juli zeigte er ihr einen kleinen Zettel, den er die ganze Zeit über in seiner Faust festgehalten hatte. »Ich hab eine Bild gemalt, also versucht.«

Julis Brustkorb bebte, es blubberte in ihr, und sie musste sich konzentrieren, um die Zeichnung genauer zu betrachten. Ihre Gefühle fuhren Riesenrad, oder was auch immer das war, was Juli den Atem raubte. Normal war dieses Blitzfieber jedenfalls nicht. Sie atmete tief aus, betrachtete die Rückseite des Festivalflyers, worauf das Gesicht eines Mannes gezeichnet war. Er hatte einen Vollbart, ein ovales Gesicht und viele, viele Haare. Das Auffälligste aber waren seine Katzenaugen.

»Das bist jedenfalls nicht du«, stellte Juli sachlich fest. Etwas Besseres fiel ihr zu dem Zeitpunkt nicht ein, sie musste erst eine Unterredung mit ihrem elektrisierten Körper halten, um wieder klar denken zu können.

»Stimmt«, erwiderte August. Dabei lächelte er sie so lieb an, dass Juli sich fast gewünscht hätte, er wäre nie wieder aufgetaucht.

»Vielleicht ist das dein Vater«, stellte sie fest.

»Ja! Wir müssen an diese Ort, nach … Mira! Ich kenne diese Namen«, sagte August.

»Na ja, so heißt meine Schwester«, entgegnete Juli.

»Ich weiß. Aber das ist es nicht. Ich kenne diese Ort.«

Juli nickte nachdenklich. Augusts neue Zuversicht war ansteckend.

»Okay«, fügte Juli hinzu, »lass uns einfach im Atlas schauen, ob es den Ort wirklich gibt. Oder in meinem Handy, das hab ich dem Mann mitgegeben. Das lädt gerade noch.« Ein kühler Windhauch erfasste ihr Haar und langsam stoppte ihr Hormonkarussell. Augusts Anwesenheit irritierte sie plötzlich, irgendwas war geschehen. Ihre Augen leuchteten in seinen. Sie hatten sich wieder. Sie würden zusammen nach Portugal weiterreisen und Augusts Identität herausfinden. Diesmal würden sie den Kurs halten. Mehr als die Hälfte hatten sie ja bereits zurückgelegt.

»Vielleicht ziehst du dir vorher noch was an«, sagte Juli, den

Blick auf Augusts Unterhose gerichtet, die neben ein paar Blättern und Moosteilchen sein einziges Kleidungsstück war.

»Äh, ja jetzt, wo du es sagst«, stotterte August. Es sollte lustig klingen, war aber ernst gemeint. Juli grinste über beide Ohren. Das Klingeln des Telefons unterbrach ihren holprigen Dialog. Die Nummer ihres Vaters blinkte auf dem Display auf. Wie ein Lockruf, eine letzte Versuchung, der Juli standhielt. Nicht nur wegen Augusts fragendem Blick, sondern auch weil sie sich innerlich entschieden hatte, drückte sie die Auflegetaste. Sie musste August helfen. Und sie war kein kleines Mädchen mehr. Nach der Nacht alleine im Wald war Juli ein Stück gewachsen. Das sah niemand. Das Wachsen selbst war unsichtbar. Aber das Gefühl, diese neue Sicherheit und dieses seltsame Kribbeln waren deutlich spürbar.

Liebe Mira, es ist schon seltsam. Du bist ein kleiner Ort in Portugal. Dein Name steht im Atlas, nicht weit vom Meer entfernt. Ich weiß ja nicht, ob es Zufälle gibt, aber mein Gefühl sagt mir, dass wir auf dem richtigen Weg sind. Gestern Nacht im Wald warst du mir ganz nah. Wir waren wieder wir. Du hast auf dem feuchten Moosboden neben mir gelegen, so dicht, dass ich nicht mehr gemerkt habe, wo ich aufhöre und du anfängst. Wie auf den Kinderfotos, wo ich manchmal nicht mehr weiß, wer ich bin. Okay, ich schaue oft misstrauischer als du oder verstecke mich hinter Mama. Aber sonst? Bin ich das in der blauen oder in der gelben Latzhose? Hab ich die Sturmfrisur oder du? Mama wusste immer genau, wer wer ist, selbst als wir Säuglinge waren.

In der letzten Nacht ist ein Hinkelstein von meinem Herzen gefallen, hast du es gehört? Lauter als der Urknall. Erst hatte ich furchtbare Angst so alleine, doch dann war die Angst plötzlich weg und ich war ein Teil des Waldes. Obwohl es dunkel war, war es irgendwie hell in mir. Da war Licht. Das ist gut zu wissen.

Ich höre sie wieder, meine eigene Stimme. Manchmal ist diese Traurigkeit, diese Sehnsucht nach dir so laut, dass ich mich nicht mehr höre. Und dich auch nicht mehr. Als wäre die Verbindung unterbrochen. Ein inneres Funkloch. Hallo, hallo, HALLO, ist da jemand???

Seit du verschwunden bist, ist die Zeit irgendwie stehen geblieben. Und mein Leben. Erinnerst du dich noch an unsere Scheißegaltage, als wir im Schlafanzug in die Bäckerei gegangen sind oder einfach im Supermarkt die Gummibärchentüten halb leer gegessen haben, bevor wir sie bezahlt haben? Die letzten drei Jahre waren Scheißegaljahre. Nichts hat sich entwickelt. Okay, meine Brüste sind gewachsen, aber sonst? Keinen Freund, keine Freundin. Nichts! Mit August ist das jetzt anders. Mit ihm sehe ich die Welt plötzlich aus anderen Augen, erlebe wieder, *lebe* wieder. Je länger wir Zeit miteinander verbringen, desto mehr stelle ich fest, wie ähnlich wir uns sind. Ich weiß nicht, wer ich bin. Ohne dich. Und er weiß nicht, wer er ist. Vielleicht gibt es ja einen guten Grund dafür, dass sein Gedächtnis defekt ist. Papa hat mir mal erzählt, dass bei besonders traumatischen Erlebnissen das Gehirn einfach aussteigt. Aus dem fahrenden Zug springt, sozusagen. Wie ein Herz, das versagt. Seit August wieder aus dem Wald aufgetaucht ist, ist er irgendwie anders. Er sieht mich immer so intensiv an, als würde er mich lesen wollen. Dabei bin ich weder ein Buch noch eine Landkarte. Oder vielleicht doch? Ich muss mich mal wieder im Spiegel anschauen.

Mein Gesicht habe ich ewig nicht gesehen. Vielleicht auch besser so. Der Range Rover ist nicht mehr angesprungen, und nachdem der Schamane, der tatsächlich Karl-Heinz heißt, mir mein Handy zurückgegeben und uns neu eingekleidet hat, wollten wir noch das Opossum einsammeln. Stell dir vor, diese Zoe hat mit zwanzig Leuten in einem kleinen Zelt geschlafen, einer davon ist der Hippie gewesen, der mich angequatscht hat. Wahrscheinlich ist das seine »Ich-kenn-dich-irgendwoher-Anmachmasche«. Das Opossum bleibt bei ihr. Es wollte partout nicht mit. Zoe hat uns das Kilometergeld gegeben und wir sind am frühen Vormittag nach einem improvisierten Frühstück aufgebrochen. Nach nicht gefühlten, sondern realen zehn Kilometern durch die Pyrenäen hat uns endlich ein Lkw-Fahrer mitgenommen, wir sind schon über die portugiesische Grenze und er bringt uns Richtung Mira. Mira. Mira. Mira. Mira. Mira. Mira. Miraaaaaaaaaaaaaaaaaa!!!!!!!

11. Die Ruhe vor dem Sturm

Es roch nach Orangenblüten und Eukalyptus. Schulter an Schulter saßen Juli und August auf dem Doppelsitz des Lastwagens und sogen die sommerliche Duftmischung ein, die durch das leicht geöffnete Seitenfenster strömte. So hoch über der Straße hatte Juli einen guten Überblick. Die Landschaft hatte sich verändert, besonders das Licht. Es war weiß. Hellweiß. Als wäre ganz weit oben am Himmel ein Extrascheinwerfer angebracht, der den Spot auf das westliche Land in der Ecke mit seinen endlosen Gärten und seiner unberührten Natur gerichtet hatte. Der Lkw fuhr jetzt durch kleine portugiesische Ortschaften, wo die Gärten größer waren als die Wohnhäuser. Es waren einfache Häuser, manche davon waren komplett gekachelt mit blau-weißen Fliesen. Pferde standen vereinzelt auf den Feldern herum, festgebunden an einen Baum. Orangen lagen auf dem Seitenstreifen, und die Autos, die ihnen entgegenkamen, waren Modelle, die man in Deutschland längst verschrottet hätte. Die Uhren tickten hier langsamer. Eins, eineinhalb, zwei, zweieinhalb, zwei drei viertel. So wie die Zeit in ihrem Leben unterschiedlich schnell verging, so schien es, dass auch jedes Land seine ganz eigene Geschwindigkeit hatte, dachte Juli, während sie aus dem Seitenfenster eine alte Frau mit einem schwarzen Kopftuch entdeckte, die an einem Fluss ihre Wäsche noch mit der Hand wusch. Daneben stand ein Eselkarren! Und das im einundzwanzigsten Jahrhundert! Juli staunte. Seit sie in Portugal waren und die Gewächshäuser und die sengende Hitze des spanischen Inlands hinter sich gelassen hatten, war die Umgebung friedlicher geworden, weicher.

Noch eine Stunde, dann würden sie in Mira ankommen. Der kleine Küstenort lag auf der Rückreiseroute des Lkw-Fahrers, der direkt gewusst hatte, wo Mira war. Anscheinend gab es dort gute Sardinen.

Je näher sie ihrem Zielort kamen, desto unruhiger wurde Juli. Ohne es zu merken, rieb sie ihre Füße aneinander, veränderte alle fünf Minuten ihre Sitzposition. Knie angewinkelt, Schneidersitz, rechtes Bein über linkem Bein und umgekehrt.

»Alles okay?«, fragte August wie aus dem Nichts. In den letzten Stunden hatten sie kaum miteinander gesprochen. Stattdessen hatte August sich ununterbrochen mit Carlos, dem klein gewachsenen Lkw-Fahrer mit dem Schnauzer, unterhalten. Und zwar auf Portugiesisch. Teilweise so laut, dass Juli gedacht hatte, sie würden miteinander streiten. Sie hatte kein Wort verstanden und August wirkte wie ein anderer Mensch in seiner Sprache. Lebhafter, leidenschaftlicher und noch geheimnisvoller.

»Warum?«, wollte Juli wissen, die weiterhin aus dem Fenster stierte. Sie bevorzugte den Anblick der Eukalyptusbäume. Denn sobald sie August ansah, stieg ihre Temperatur. Und ihre Gesichtsfarbe veränderte sich. Er saß so dicht neben ihr, dass er mit seinem Arm regelrecht an ihrem klebte.

»Seh ich etwa aus wie eine Tomate?«, fügte sie extra cool hinzu.

»Eine hübsche Tomate«, antwortete August, lächelte dabei ein bisschen, was Julis Zustand nur noch verschlimmerte. Was dachte er sich dabei, so etwas Unverschämtes zu ihr zu sagen? Mit ihrer

Hand befühlte sie die Stirn, vielleicht hatte sie sich mit den Datteln des Schamanen den Magen verdorben?

»Bin die Hitze nicht gewohnt«, log sie und schaute dabei das hundertste Mal auf ihr iPhone, das in dem Moment seltsam aufblinkte. Das war neu. Dieses Blinken. Vielleicht hatte sich das Gerät mit ihr assimiliert und es signalisierte ihre hormongeflutete Schieflage: SOS. Save our Souls. Oder besser: SMS. Save my soul.

»Ist doch gar nicht mehr so heiß«, wunderte sich August. Über Juli hinweg streckte er seinen Arm aus, hielt seine Hand aus dem geöffneten Fenster und kam Juli dabei so nah, dass sie aufhörte zu atmen. Sein Schweiß roch nach Lakritz.

»Aqui. É assim que a minha pátria sabe«, funkte Carlos dazwischen und rettete Juli unfreiwillig aus ihrer Misere. Er reichte ihr eine Orange, die er aus seinem Seitenfach zwischen Eiskratzer und Flachmann hervorgezaubert hatte. August schob sich zurück, nahm die Orange entgegen und fing an, sie zu schälen. Erleichtert kurbelte Juli das Fenster noch weiter auf, schnappte nach Luft.

»Carlos sagt, so schmeckt seine Heimat«, übersetzte August die Worte des Fahrers.

»Aha«, entgegnete Juli, einfach um irgendwas zu antworten. Viel zu beschäftigt mit diesem neuen Ufo-Gefühl in ihr, das seit Augusts Umarmung auf dem Festival einfach nicht aufhören wollte. Ungefragt steckte er erst Juli und dann sich ein Orangenstück in den Mund.

»Und meine«, fügte er kauend hinzu.

»Hmmmm«, murmelte Juli uneindeutig. Es konnte Ja und Nein zugleich bedeuten. Der süßliche Geschmack breitete sich an Julis Gaumen aus, die Orange schmeckte köstlich.

»Erinnerst du dich etwa an was?« Juli stellte ihre Frage so leise, dass Carlos sie nicht hören konnte. Obwohl er sie eh nicht verstanden hätte, wollte Juli nicht, dass er von Augusts Geheimnis erfuhr.

»Schwer. Ein bisschen vielleicht. Mehr eine Gefühl. Eine Geschmack. Keine richtige Bilder«, flüsterte er zurück, was Juli zu einem Lächeln bewegte. In wichtigen Momenten verstand er ihren Unsinn.

»Deine Eltern werden bestimmt total aus dem Häuschen sein, wenn sie dich sehen.«

»Wieso aus dem Haus?«

»Das bedeutet nur, dass sie sich bestimmt wahnsinnig freuen, dich wiederzusehen.«

Nachdenklich blickte August aus dem Fenster. Sie fuhren an einem schwarzen Wald vorbei, tote Bäume, von denen nur noch das Skelett übrig war. Die Erde war verbrannt und es stank nach kaltem Feuer.

»Und was, wenn ich meine Eltern nicht wiedererkenne?«

»Bestimmt. Die Menschen müssen zurück an den Tatort, dann kommen die Erinnerungen wieder.«

Verständnislos hob August die Augenbrauen.

»Hab ich jemanden getötet?«

Vehement schüttelte Juli den Kopf. Ihre Haare klebten so fest an ihrer verschwitzten Stirn, dass sie nicht mitflogen.

»Nein. Also hoffe ich … Das ist in Krimis immer so. Also in Büchern und im Fernsehen.«

»Das hier ist aber keine Film und keine Buch. Du hast echt zu viel Fantasie.« Verärgert drehte er sich von Juli weg, die ihren Vergleich bereute.

»Stimmt«, murmelte sie leise. Sie war nicht Agatha Christie und August war nicht Hercule Poirot. Es war besser, nichts mehr zu sagen. Im Schweigen war sie ein Naturtalent.

Die Sonne stand tief, als der Lkw in eine enge Straße abbog, die mehr Schlaglöcher besaß als ein Schweizer Käse. Bei jedem Loch spürte Juli die Sprungfeder unter ihrem Hintern, während eine sanftmütige Frauenstimme im Radio Lieder in einer fremden Sprache sang. Juli verstand zwar nicht die Worte, aber sie fühlte es. Die unerfüllte Sehnsucht und der Schmerz, der in dem Lied lag. Was, wenn ihre gemeinsame Reise schon zu Ende sein würde, schoss es Juli durch den Kopf, die sich am liebsten an den Sekundenzeiger gehängt hätte, um die Zeit anzuhalten. Gab es nicht irgendwo einen riesigen roten Stopp-Button?

»Und, freust du dich?«, wollte August von Juli wissen, die sich für eine Sekunde in dem Labyrinth der Klänge verirrt hatte und aufpassen musste, dass sie nicht gleich losheulte.

»Worauf?«

»Na, auf Mira! Ist doch schon seltsam, dass dein Schwester auch so heißt, oder?«

»Sie ist meine Zwillingsschwester, da ist nichts mehr seltsam.«

»Echt jetzt? So richtig gleich?«

»Gleich und irgendwie anders.«

»Und wie anders?«

Juli schwieg. Es ratterte in ihrem Kopf. Und in ihrem Herzen, wo eine Rückblende lief, untermalt von dramatischer Musik. Sie wollte nicht an Mira denken, nicht jetzt.

»Okay, du nicht drüber reden willst «, entgegnete August, »dann sag das einfach.«

Aus wachen Augen schaute er sie an und Juli fühlte sich ertappt.

Je länger sie miteinander unterwegs waren, desto weniger konnte sie ihm was vormachen.

»Ich will nicht drüber reden«, sagte Juli, sich räuspernd. Ihre Kehle war plötzlich sehr trocken und sie öffnete das Fenster bis zum Anschlag.

»Das geht alles so schnell, oder?«, stammelte sie leise.

»Was?«

»Na, die Reise, das Ende.«

»Findest du?« August verhielt sich wie ein Außerirdischer auf dem Einwohnermeldeamt. Wusste er wirklich nicht, was Juli meinte, oder spielte er ihr was vor? Juli war sich nicht sicher.

Sie wollte nicht, dass er ihre Gefühle bemerkte, daher beschloss sie, das Thema zu wechseln. Denn das war es, was sie für ihn hatte: Gefühle. In allen Farben. Lilagelbblaugrünschwarzrot. Verdammt! Sie musste dringend duschen oder ins Wasser. Damit sie wieder klar denken konnte. Liebe macht nicht blind, sondern bunt, dachte Juli, und sie war froh, als August in das portugiesische Lied aus dem Radio einstimmte, gemeinsam mit Carlos, so lauthals und vergnügt, dass selbst Juli etwas grinsen musste. Trotz Regenbogengefühlen.

Es war ein unscheinbares Schild. Weiß mit schwarzen runden Buchstaben. »MIRA« stand in Schreibschrift darauf. Mit offenen Mündern standen Juli und August vor dem Ortsschild, über ihnen eine Horde kreischender Möwen. Sie hatten es geschafft! Das laute Abschiedshupen des Lkws ließ sie zusammenzucken, die Möwen flogen Richtung Meer, das nicht mehr weit zu sein schien, denn der Horizont wirkte am Ende der Ortschaft heller und weiter. August strahlte.

»Wir sind da. Keine Film.« In seiner blauen Jogginghose, die er bis zum Bauchnabel gezogen hatte, und in seinem gebatikten T-Shirt mit einem Schamanenfestival-Logo von 1977, stand er neben Juli, die kein Wort herausbrachte.

»Du bist das Beste«, sagte August und drückte ihr einen Kuss auf die Wange. Sie wollte ihm tausend Sachen antworten, doch die Leitung zwischen Denken und Sprechen war bei Juli lahmgelegt und heraus kam nur ein unsicheres »Hmmmmhhhh«. Zu viel Distanz machte Angst und zu viel Nähe machte Angst. Wo war nur diese verdammte Mitte?

Augusts Hand lag warm und feucht in ihrer, Juli wollte sie abschütteln, doch August ließ sie nicht los und fing an zu rennen. Sie stolperte hinter ihm her, hielt nach einer Zeit das Tempo mit ihm, und je länger sie rannten, desto mehr Adrenalin strömte durch ihren Körper. Es war befreiend. Wie zwei Rennpferde, die zu lange in einer Box eingesperrt gewesen waren, rannten sie durch den kleinen Ort, in dem es unzählig viele Restaurants und Pastelarias gab. Hunde liefen frei herum, Katzen lagen faul in der Sonne, alle waren satt vom Sommer. Juli und August wurden immer schneller, stimmten gegenseitig in die ausgelassenen Schreie des anderen ein.

»Ahhhhhhhhhhhhhhhhhhhhhhhhhhhhhhhh!!!!!!«

»Jiiiiiiiiiiiiiiiiiiiiiiiiiiiiiiiiiiiihhhhhhhhhhhhhhhhhhaaaaaaaaa!«

Eine junge Frau, die gerade ihren Sohn von der Schule abholte, schaute ihnen entgeistert nach, und August hob seine Hand zum Gruß.

»Hola!«, schrie er aus voller Kehle.

»Kennst du die etwa?«

August schüttelte den Kopf. Er lachte, beschleunigte, doch Juli empfand Augusts Lachen als beunruhigend. Jetzt war es Juli, die skeptisch war. Mit jedem Meter, den sie zurücklegten, wich Augusts Freude einer neuen Ratlosigkeit. Immer wieder schaute er sich suchend um, ohne Erfolg. Weder der kleine See in der Mitte des portugiesischen Fischerdorfes noch die Häuser kamen ihm bekannt vor. Sie bogen in eine schmale Straße ein, liefen über eine Brücke, unter der ein kleiner Fluss hindurchlief, und Juli schnappte nach Luft.

»Ich kann nicht mehr«, hechelte sie. Ihr Herz raste und sie hatte fieses Seitenstechen. Sie wollte stehen bleiben, was August nicht zuließ.

»Jetzt komm schon«, keuchte er zurück, zerrte sie an ihrer Hand weiter hinter sich her bis an das andere Ende des Ortes, wo mehrere gleich große, schlichte Gebäude standen. Hier wurden Fische sortiert. Drei braun gebrannte Männer rollten ein riesiges Netz zusammen, ein älterer Mann mit lederiger Haut fuhr auf einem Traktor an ihnen vorbei. Ihre Gesichter trugen Spuren eines harten Lebens. Vor dem Gebäude standen einfache Fischerboote mit den Namen Alexandre oder Miguel. Den Kopf verdreht, verfolgte Juli neugierig jeden Schritt der traditionell arbeitenden Fischer.

»Nada.« Augusts Gesicht fiel zusammen wie ein Kartenhaus. Juli rannte in August hinein, der so abrupt stehen geblieben war, dass sie ihren letzten Schritt nicht mehr koordinieren konnte.

»Ups, sorry«, sagte Juli. Stumm deutete August auf ein gegenüberliegendes Gebäude, wo sie eine riesige Holzsardine anlächelte, die über dem Fabriktor hing.

»Mira Conservas Sardinhas.« Augusts Worte klangen mehr wie eine Frage.

»Und?«, entgegnete Juli mit zugehaltener Nase. Es stank bestialisch nach Fisch. Was sonst.

»Das ist ... ich erkenne der Schrift wieder, der steht auf diese Sardinenbüchsen ...«, stotterte August.

»Na ja, macht Sinn, wenn man Sardinen verkauft.« Juli stand auf dem Schlauch. Sie verstand nicht, worauf August hinauswollte.

»Es sind Sardinen, nur Sardinen.« Seine Stimme klang panisch und langsam dämmerte es Juli. Nur daher kannte er den Namen.

»Ist doch egal«, erwiderte Juli, »vielleicht erkennst du ja was anderes wieder?« Sie packte ihn an der Hand, wollte ihn trösten, doch August schlug ihre Hand weg. Er sank auf den sandigen Betonboden, vergrub den Kopf in seinen Händen.

»Ich werd nie wissen, wer ich bin. Ich bin eine Niemand. Da ist alles leer drin, verstehst du? Wie kann man nur so hohl sein?« Mit seiner Faust hämmerte er gegen seinen Kopf. »Es war alles umsonst, diese ganze verfluchte Reise.«

Unsicher presste Juli ihre Lippen zusammen. Zu gerne hätte sie August in diesem Augenblick über seine glatten schwarzen Haare gestrichen, doch sie traute sich nicht. Stattdessen setzte sie sich neben ihn.

»Vielleicht kommst du ja aus einer Sardinenbüchse?«, versuchte sie, ihn aufzumuntern. Ein Scherz, den sie besser sein gelassen hätte, denn auf Augusts Gesicht braute sich ein Gewitter zusammen.

»Du hast auch auf alles ein Antwort. Für dich ist alles nur Spaß, was? Wie fändest du es, wenn du gar nichts mehr wüsstest, nicht weißt, wo du herkommst, du keine Namen hast, deinen Eltern nicht erkennst ...«

»Fänd ich gar nicht so übel«, fiel Juli August ins Wort.

»Ja genau«, entgegnete August abfällig.

»Von mir aus können wir gerne tauschen. Keine Erinnerungen, kein Schmerz.«

Ungläubig sah August sie an.

»Du meinst wohl: kein Ich, keine Leben.«

Patt. Seufzend zuckte Juli mit den Achseln. Darauf hatte sie keine Antwort. Für sie war ihr Gedächtnis wie ein Gefängnis, aber das konnte sie August ja schlecht sagen. Jeder Blick in den Spiegel erinnerte sie an ihre Zwillingsschwester, ob sie wollte oder nicht. Mira war überall, dachte sie, und erst jetzt fiel ihr auf, dass sie bestimmt seit einem halben Tag nicht mehr an sie gedacht hatte. Sofort überfiel Juli ein schlechtes Gewissen. Ruckartig sprang sie auf und streckte August ihre Hand hin.

»Das Wichtigste beim Fallen ist, nicht liegen zu bleiben«, verkündete Juli, und sie erinnerte sich daran, wie sie nach Miras Verschwinden dreiundsechzig Tage lang in ihrem Bett liegen geblieben und nicht aufgestanden war. Jeden Tag war Helene in ihr Zimmer gekommen mit irgendwelchen tröstlichen Kalendersprüchen, was Juli nicht wirklich geholfen hatte. Sie war damals wie gelähmt gewesen. Jetzt in diesem Moment klang sie wie ihre Mutter und sie musste darüber lächeln. Wenn man selbst drinsteckte, dann konnte einem kein Außenstehender helfen. Man musste sich selbst retten. Wieder und immer wieder.

»August!« Längst war August aufgestanden, ohne Julis Hilfe. Wütend stapfte er Richtung Promenade, kickte eine leere Sardinendose über die Straße, die in hohem Bogen einen herrenlosen Hund traf, der jaulend davonlief.

»Mir fällt schon was ein«, rief Juli. Sie trat neben August und gemeinsam liefen sie in Richtung Strand. Der Atlantik war nicht mehr weit. Juli konnte das Rauschen schon hören, den Klang der

Wellen. Endlich war sie wieder am Meer, endlich war sie wieder bei ihrer Schwester. Stillschweigend gingen sie nebeneinanderher. Jeder in seine eigenen Gedanken versunken, jeder in seiner eigenen Welt.

Später, als die Sonne sich längst vom Tag verabschiedet hatte, Juli eine halbe Flasche Wein und eine Kerze von einem unbesetzten Tisch an der Promenade organisiert hatte, saßen sie unter dem Sternenhimmel in den Dünen, wo sie sich eine windgeschützte Schlafkuhle eingerichtet hatten. Es war ein milder Sommerabend, und von Zoes Reisegeld hatten sie sich drei Maisbrote gekauft, die superbillig gewesen waren und leicht süßlich schmeckten. Julis nasse Haare tropften noch von dem ausgiebigen Bad, das sie im Atlantik genommen hatte. Sie fühlte sich erfrischt, im Gegensatz zu August, der noch in seiner Enttäuschung festhing. Ausgestreckt lag er auf dem Bauch im Sand, den Kopf zwischen den Händen vergraben neben Juli, die sich über das noch frische Brot hermachte. Sie hatte den Rucksack kopfüber ausgeleert und all ihr Hab und Gut lag verteilt um sie herum. Es war nicht sonderlich viel, und von Hildes Lunchpaket waren noch ein paar vertrocknete Kekse übrig, die sich Juli zu dem Brot in den Mund stopfte.

Ausgehungert fiel sie über jeden Krümel her, schaute dabei das dreihundertmillionste Mal auf ihr Handy, das auf ihrem Schoß lag.

»Warum ist dein Schwester eigentlich nicht mitgekommen?«, fragte August ohne erkennbaren Grund. Er hatte den Kopf gehoben und musterte Juli aufmerksam, die die Hälfte ihres Keksbreis ausspuckte. An seinem Kinn klebten Sandkörner.

»Wawumwilldudasdennjetztwissen?«, entgegnete Juli mit halb

vollem Mund und starrte ihn fassungslos an. Seit wann interessierte er sich für sie? Waren das noch die Auswirkungen seines Trips? August schob sich ein Stück Brot in den Mund und blieb ruhig.

»Erstens«, fügte er hinzu, »hinterlässt du ihr nicht andauernd Nachrichten? Zweitens: Musst du eigentlich immer mit eine Gegenfrage antworten?«

Nachdenklich legte Juli den Kopf schief. Es stimmte. Immer wenn August etwas über sie wissen wollte, redete sie sich heraus. Noch nie hatte sie jemandem von Mira berichtet, von ihrem Verschwinden. Wozu auch, was sollte das bringen? Worte würden ihre Schwester nicht zurückbringen. Die Vergangenheit war in ihr eingeschlossen wie ein verborgener Schatz ohne Karte.

Augusts Berührung holte sie wieder zurück ins Hier und Jetzt. Seine Finger tippten ununterbrochen auf ihren dicken Zeh, den sie schnell zu sich zog und unter ihrem Schneidersitz vergrub.

»Ich weiß gar nichts über dich. Außer dass du Stress mit deine Eltern hast«, fügte August hinzu, »und dass du mir unbedingt helfen willst, warum auch immer.« Juli wich seinem fragenden Blick aus, bügelte mit ihrer ausgefächerten Hand den Sand glatt, in dem noch die Wärme des Tages steckte. Sie wollte sagen *Und ich weiß nichts über dich*, doch zum Glück bemerkte sie rechtzeitig, dass das nirgendwohin führen würde. August wusste ja auch nichts über sich. Sie nahm einen Schluck vom Weißwein, schaute zum blau gefärbten Himmel über dem Atlantik, der gleichzeitig hell und dunkel war. Und dann, zum ersten Mal, fing Juli an, von Mira zu erzählen, von ihrer Zwillingsschwester. Und von ihrem Verlust. Vom Spielen, Kabbeln und Sich-wieder-Vertragen und von dem Unfall. Sie griff in den Sand, immer und immer wieder, und er rieselte durch ihre Finger, während sie sprach:

»Wir haben immer alles zusammen gemacht, IMMER ALLES. So waren wir nie alleine. Wie ein Uhrwerk, sie hat tick und ich hab tack gemacht, sie hat eingeatmet und ich habe ausgeatmet«, begann sie zögerlich zu erzählen. Anfangs kamen die Worte nur bruchstückhaft über ihre Lippen, doch je länger sie erzählte, desto leichter fiel es ihr.

»Ich weiß nicht mehr, wer damals das Kellerfenster geöffnet hat, um aus dem Fenster zu klettern, wer den Stuhl zurechtgestellt hat, wessen Idee es war … ich glaub, es war meine Idee, aber ich weiß es nicht mehr ganz genau.«

Ein Seufzer aus tiefster Seele entfuhr Juli, sie musste sich zusammenreißen, um nicht loszuweinen. Sie nahm noch einen weiteren Schluck aus der Weinflasche, die August ihr ungefragt hingehalten hatte.

Alkohol war zwar keine Lösung, die Frische des Weins tat jedoch gut. Sie wagte einen Blick zu August, der dicht neben sie gerutscht und ganz still geworden war. Leiser als zuvor redete sie weiter:

»Es war einer dieser nebeligen Morgen, wo die Sicht auf das Meer beschränkt ist. Wir sind in unseren rot gepunkteten Schlafanzügen am Meer entlanggerannt, um die Wette, so wie wir das oft gemacht haben. Mira hat dann diesen Vogel auf dem Wasser entdeckt. Dieser Vogel mit diesem verdammten spitzen Schnabel. Trotz der Flut ist sie in die Wellen gesprungen, ich sagte, sie soll aufpassen, doch sie hat nur gelacht, ist dem Vogel hinterher, der abtauchte, um kurz darauf an einer anderen Stelle wieder aufzutauchen. Sie ist immer weiter gehüpft, und ich hab selbst darüber gelacht, aber mich nicht ins Wasser getraut.« Eine kurze Pause entstand, und Julis Blick wanderte über die Dünen, zum Meer, das sich weit vom Strand zurückgezogen hatte, als würde es sich verabschieden wollen.

»Mira war schon immer mutiger als ich. Als kleines Kind war sie es gewesen, die den Schlüssel vom Süßigkeitenschrank geklaut hatte. Bei Gewittern lag sie immer bei mir im Bett. Meine Mutter hat lange geglaubt, dass Mira die Ängstliche von uns war, dabei hatte ich sie in mein Bett gerufen. Na ja.«

Juli presste die Lippen zusammen, und aus den Augenwinkeln bemerkte sie, wie August, der ganz still geworden war, schmunzelte. So liebevoll und weich, dass ihr Herz unaufgefordert einen Purzelbaum schlug.

»Und dann?«, fragte er behutsam nach.

Juli schluckte mehrmals.

»Mira trieb immer weiter raus, und ich dachte, es wäre ein Spiel, so wie wir immer irgendwas gespielt haben. Für einen Moment habe ich sie alleine gelassen … und plötzlich war sie weg. Ohne ein Geräusch. Ich kümmerte mich um meinen blutigen kleinen Zeh, den ich mir an einer scharfen Muschelkante aufgerissen hatte. Der kleine Zeh, verstehst du?«

Mit ihrer Hand schlug sie auf den Sand, bestrafte ihn, als wäre es seine Schuld. Ihre Lippen zitterten und sie hatte Mühe zu atmen. August legte seine Hand auf ihre, hielt sie fest, und es vergingen einige Minuten, bis sie weitersprechen konnte.

»Ich wollte ihr nach, aber Mira … war weg. Ich … ich … ich … konnte sie nicht mehr sehen. Alles ging so schnell. Die Wellen waren plötzlich so hoch, und die Unterströmung war stark, haben sie mir später erzählt. Da war dieser Nebel, und ich bekam selbst Angst vor dem Meer …«

Eine lange Pause entstand. Juli wollte weitersprechen, doch es ging nicht. Ein dicker Kloß saß in ihrem Hals fest. Sie nahm einen tiefen Atemzug, merkte, wie sich ihre Lungen vollsogen, dann sprach sie weiter.

»Ich hab geschrien, ihren Namen gerufen … Mira! MIRA! Doch außer dem stürmischen Wind hat mir keiner geantwortet. Da war niemand mehr. Irgendwann bin ich zurück nach Hause gerannt, um meine Eltern zu wecken. Sie … haben sie nie gefunden. Das ist jetzt drei Jahre her.«

Stille Tränen tropften aus Julis Augen, Augusts Schweigen war seine Antwort. Er war da, ohne sie zu bedrängen. Und Juli war dankbar dafür. Noch nie zuvor hatte sie sich jemandem so geöffnet. Sie wusste selbst nicht, warum sie ausgerechnet diesem Jungen ihre Geschichte erzählte.

»Ich bin mir jedenfalls sicher, dass Mira wiederauftaucht. Dann kann ich ihr alles zeigen, was ich erlebt habe, es mit ihr teilen … Deshalb schreibe ich alles auf, damit ich nichts vergesse. Ich muss es ihr doch mitteilen«, sagte Juli wieder mit etwas mehr Kraft in der Stimme. Erwartungsvoll schaute sie dabei zu August, dessen Augenlider unruhig zuckten. Es schien, als wollte er etwas sagen, doch er blieb stumm, presste nur ihre Hand noch fester. Erschöpft von der Wahrheit, atmete Juli aus. Tief saß die Trauer in ihren Zellen, direkt neben dem schwarzen Loch, das geschrumpft war, seit sie August getroffen hatte. Sie war traurig und erleichtert zugleich. Wenn jeder Buchstabe fünf Gramm wog, dann war Juli jetzt um einige Kilos leichter. Worte, manchmal so banal, manchmal so voller Wucht.

Es war dunkel geworden und müde sank Juli in Augusts Schoß. Er kraulte ihren Kopf, drehte ihre hellbraunen Haare, als wäre es das Selbstverständlichste der Welt. Über ihnen leuchteten die Sterne, und vor ihnen rauschte das Meer, das den Rest der Welt wie ein schwarzer Vorhang verdeckte. Aus dem Augenblick wurde ein magischer Moment. Und die Zeit, die immer gleich war und doch unterschiedlich schnell verging, wurde aus ihrem Fluss gerissen und verströmte Ewigkeit. Einundzwanzig, dreiundzwanzig, vierundzwanzig.

»Ich würde dir auch gerne mehr über mich erzählen, aber ich nicht weiß, was«, unterbrach August die Stille, die sich zwischen ihnen ausgebreitet hatte. So wie man das Reden unterbrechen konnte, so konnte man auch die Stille unterbrechen. Grillen zirpten, ein leichter Wind wehte über sie hinweg, und Juli, die sich ungewohnt ausgeruht fühlte, fragte sich, was schlimmer war: sich nicht erinnern oder nicht vergessen zu können? Sie wollte gerade August dazu befragen, als er fortfuhr: »Ich kann dir nichts über mich erzählen, nichts über mein Eltern, nichts über mein Schulzeit, über das, was ich gerne mag oder gerne mache … das alles macht doch eine Menschen aus, oder?«

Juli richtete sich auf, um August ebenbürtig anzuschauen, sie dachte ernsthaft über seine Worte nach.

»Vielleicht schützt dein Gedächtnis dich ja«, wandte sie ein, reichte ihm die Weinflasche, die August in einem Zug austrank.

»Weil ich eigentlich eine Kriminelle bin …?«

»Eher der Sohn eines korrupten Mafiosos.«

»Oder die achtzehnte Kind eines arabischen Scheichs«, erwiderte August, und Juli lachte so laut auf, dass zwei kleine Strandläufer, die es bis in die Nähe des Rucksacks geschafft hatten, ohne Beute davonrannten. Sie konnte mit ihm mehr teilen, als sie anfangs gedacht hatte, und ihr gemeinsames Lachen löschte die Traurigkeit aus.

»Nicht mal über meine erste Kuss kann ich dir was erzählen«, sagte August nach einer langen Pause. Kichernd warf Juli einen Haufen Sand in seine Richtung, woraufhin August zum Angriff überging. Eine wilde Sandschlacht begann, in der Juli urplötzlich innehielt und sich vor August aufrichtete.

»Wenn du nicht weißt, wer du bist, dann sag ich es dir eben: Du bist der Junge, der noch sturer ist als ich … und das heißt was. Der nicht unterscheiden kann zwischen einem Wasserglas und einer Vase; der, wenn er nervös wird, mit den Augenlidern zuckt; der immer das Richtige sagt, auch wenn er nichts sagt; der so wunderschön Klavier spielt, dass es einem das Herz bricht; was ja eigentlich nicht brechen kann, da es nur ein Muskel ist; der jedes Auto im Schlaf repariert; der lebendige Augen bekommt, wenn er Portugiesisch spricht; der keine Angst kennt und Dinge ausprobiert, die ich mich nie im Leben trauen würde; nackt durch den Wald läuft …«

»Hey, ich hatte ein Unterhose an«, unterbrach August Julis Monolog, der ihn zutiefst gerührt hatte. Das verrieten seine feuchten Augen.

»Und der immer das letzte Wort haben muss«, fügte Juli hinzu und pflanzte sich neben ihn in den Sand. Mit ihren sandigen Fingern wischte sie sich eine Haarsträhne aus dem Gesicht, was dazu führte, dass nur noch mehr Sand an ihrer Backe klebte. Woher sie den Mut genommen hatte, war ihr nicht klar. Nur eines wusste sie: Alles, was sie gesagt hatte, war wahr. Das war er. Ihr August.

»Stimmt gar nicht«, wehrte sich August gegen ihre letzte Bemerkung, und Juli grinste ihn breit an.

»Doch.«

August rückte dicht an sie heran und blies ihr den Sand aus

dem Gesicht. Juli erstarrte. Sein Atem roch nach Zitrone. Und aus ihrer anfänglichen Empörung wurde Gekicher. Plötzlich entstand diese Stille, bei der man neben dem Meer nur noch das Blut im eigenen Körper rauschen hörte. Erst berührten sich ihre Füße, tanzten ohne Boden, dann begegneten sich ihre Augen, glänzten ohne Sonne, und dann berührten sich ihre Lippen, die sich verschlangen und eins wurden wie ihre Körper in dem warmen Sand. Sie küssten sich, rollten durch den Sand und hielten sich fest. Fast ein Klammern, mit dem Gefühl, sich nie wieder loslassen zu wollen. Nur die Sterne waren Zeugen dieser wundersamen Nacht, die nicht in Worte zu fassen war.

12. Der Orkan

Hallo, ist da jemand?« Keine Antwort. Juli wagte einen zweiten Versuch, einen dritten: »Hallo??? HALLLLLOOOOO?« Da war niemand in ihrem Kopf. Das Kopfkino hatte bis auf Weiteres geschlossen, ihre Gedanken waren im Urlaub. Vielleicht segelten sie gerade durch die norwegischen Fjorde, ritten auf einem Esel durch die Berge Patagoniens oder saßen in Saint-Tropez bei einem Aperitif zusammen, jedenfalls waren sie verreist. Da war nur diese Leichtigkeit, dieses neue Schweben. Und dieses Kribbeln überall. Im Bauch, zwischen den Zehen, und ja, auch auf den Lippen. Die brannten noch von Augusts Küssen. Es war ein Gefühl, das Juli nicht kannte: Es hatte die Farbe einer Blutorange. Und es war das Glück. Dieser Augenblick, wenn die Leere zur Stille wird, wenn jedes Vogelgezwitscher wie ein Jauchzer klingt, wenn der Körper so endorphingeflutet ist, dass sie plötzlich in allem die Schönheit des Lebens entdeckte, selbst in einer vorüberziehenden Wolke, die sich in einer dreckigen Wasserpfütze spiegelte. Wenn die Sinne sich verfeinerten, die Gänseblümchen zwischen dem Unkraut sichtbar wurden und sie verbunden war: mit sich, den Menschen und dem unsichtbaren Dritten, dachte Juli. Sie drückte die Brötchentüte fester an ihren Bauch und die Wärme und der Duft drangen zu ihr durch. Schon früh war sie aufgestanden, zum Atlantik gerannt, der übergeschäumt war vor Glück. So wie sie. In einer kleinen Pastelaria hatte sie Brötchen gekauft, die Verkäuferin hatte ihr dazu einen frisch gepressten Orangensaft hingestellt und Juli hatte ihn in einem Zug ausgetrunken. Sie konnte es kaum erwarten, wieder bei August zu sein, den sie laut schnarchend in der Sandkuhle zurückgelassen hatte. Schwebend bewegte sie sich durch den verschlafenen kleinen Ort. Zwei Katzen faulenzten im Schatten zwischen den Mülltonnen, eine bestimmt neunzigjährige Frau fuhr auf einem rostigen Fahrrad vorbei. In ihrem Anhänger transportierte sie Spitzkohl, Salat und Blumen. Sie schenkte Juli ein zahnloses Lächeln, das Juli mit einer grüßenden Handbewegung erwiderte. Am liebsten hätte sie die ganze Welt umarmt, laut geschrien: Es wird alles gut, macht euch keine Sorgen. Es gibt so was wie Schicksal, aber es gibt auch so was wie Glück. Schade, dass sie es nicht konservieren konnte. Für Zahnarzttermine, Streitereien mit ihren Eltern oder einfach nur dunklere Tage.

Sie beschleunigte ihren Gang, fing an zu rennen, um wieder bei August zu sein. Vorbei an dem Süßwassersee, an einer unbesetzten Tankstelle, die Hauptstraße hinauf, die mit dem Strand endete. Aus den Augenwinkeln entdeckte sie ein Schild, das am Straßenrand angebracht war, dann noch eins. Irgendwas in ihrem Kopf wurde getriggert. Abrupt blieb sie stehen, ging ein paar Meter zurück. Unter dem Straßenschild war ein Wahlplakat befestigt, darauf war ein mittelalter Mann zu sehen mit dem Namen Jorge Antonio Pinto de Ribeiro. Unter seiner randlosen Brille glänzten blaue Augen, und Juli ging in die Hocke, um das Gesicht des Mannes näher zu betrachten, das sie an Augusts wilde Zeichnung erinnerte. Wie verrückt war das denn? Sie musste unbedingt ein Foto machen. Erfolglos tastete sie ihre Hosentasche nach ihrem Telefon ab. Sie fackelte nicht lange und entschied sich, gleich das ganze Plakat mitzunehmen, das nur an einem dünnen Holzbrett verleimt war. Ihre langen Fingernägel stellten sich als perfektes Werkzeug heraus. Es dauerte keine drei Minuten, bis sie das Wahlplakat in der Hand hielt. Niemand hatte sie gesehen, und jetzt rannte sie wirklich zum Strand, so schnell, dass sie, als sie August von Weitem entdeckte, nicht mal mehr Luft hatte, um seinen Namen zu rufen. Er stand oberhalb des Dünenhangs, schaute auf das Meer und wirkte irgendwie größer. Der Himmel war strahlend blau und wolkenlos.

»August!«, hechelte Juli. In der einen Hand die Brötchen, in der anderen das abgekratzte Plakat. »Schau mal, was ich gefunden hab …«

August drehte sich zu ihr um, ein weiches Lächeln auf seinem Gesicht. Aus ruhigen Augen sah er sie an, so lange und intensiv, dass Juli schnell wegschauen musste. Sollte sie ihm jetzt einen Kuss geben oder lieber nicht? Vielleicht war die Nacht ja auch nur ein Versehen gewesen, und die Schuld steckte in der Weinflasche, die sie zusammen geleert hatten. Juli entschied sich für Variante zwei, stellte die Brötchentüte zwischen ihren Füßen im Sand ab, um das klebrige Plakat aufzurollen. Augusts Augen wurden immer größer. Staunend betrachtete er das Bild mit dem Mann, blickte zu Juli und wieder zurück.

»Wo hast du DAS denn her?«

Juli atmete zweimal tief aus, bevor sie antwortete.

»Der sieht doch aus wie auf deiner Zeichnung, oder? Von dieser Nacht auf dem Schamanenfestival. Hast du sie noch?«

August zog den Zettel mit der skizzenhaften Zeichnung aus seiner Hosentasche. Er hielt sie neben das Plakat und nickte nachdenklich mit dem Kopf.

»Du hast recht. Irgendwie ähnlich.«

»Irgendwie? Der sieht genauso aus wie der Typ auf dem Plakat, sieh nur die Augen.«

August nickte stumm.

»Vielleicht ist das wirklich dein Vater! Jedenfalls hat er auch so dunkle Haare wie du. Was steht denn da drauf?« Vor Aufregung glänzten Julis Wangen rot. August las die Schrift vor, die am unteren Rand des Plakats zu sehen war.

»Jorge Antonio Pinto de Ribeiro … Hmmm, der hält eine Rede in den Markthallen von Aveiro, am vierzehnten August.« Seine Stimme klang etwas unsicher. Er vergrub seine Hände in den Hosentaschen, senkte den Blick. »Wie weit ist das denn von hier?«, wollte Juli wissen. Bevor August antworten konnte, war sie zu ihrem Handy gesprungen, das in ihrer mit Decken ausgelegten Schlafkuhle lag.

»Vielleicht bist du ja der Sohn des Staatspräsidenten? Dann komme ich dich in deiner Villa besuchen«, plapperte sie unermüdlich weiter, während sie bei Google Maps den Namen Aveiro eingab.

»Ha! Nur etwa dreißig Kilometer von hier … und der Vierzehnte ist heute!«

Zum Beweis hielt sie August ihr Handy hin, der teilnahmslos aufs Meer schaute.

»Was ist los? Willst du deinen Vater etwa nicht kennenlernen? Du hast dieses Gesicht gezeichnet, irgendwoher kennst du ihn also.« Juli musste ihren Übermut zügeln, ihr Glück, das wie eine Seifenblase zu zerplatzen drohte. Von der Seite schaute sie August an, der schweigend in ein Brötchen biss.

»Was, wenn es wirklich meine Vater ist?« August betrachtete den Mann auf dem Plakat.

»Wenn wir da heute nicht hinfahren, dann finden wir es auf jeden Fall nicht heraus.« Juli stand auf, klaubte ihre Sachen zusammen und stopfte sie in den Rucksack.

»Warum genau willst du mir eigentlich helfen?«

»Was soll das denn jetzt? Ich habe dir doch alles erzählt.«

Fragend blickte Juli ihn an, und August schwieg, wartete auf eine ehrliche Antwort. Seine Augenlider zuckten nervös und Juli trat zu ihm. Sie presste die Lippen zusammen. Sollte sie ihm gestehen, dass sie einfach gerne mit August zusammen war? Dass sie seit Langem mal wieder glücklich war?

»Es gibt bestimmt jemanden, der dich vermisst … mehr als alles andere auf der Welt«, erwiderte sie stattdessen leise. Sie standen dicht voreinander, in der Ferne schrie ein kleines Kind. August schluckte, sein Blick wirkte verletzlicher seit letzter Nacht. Das war einer der Nachteile echter Gefühle. Juli nahm seine Hand.

»Wenn niemand mehr an einen denkt, dann gibt es einen auch nicht«, fügte sie hinzu. Und ja, das war es, was Juli wirklich dachte. Gedanken waren Sauerstoff, für die Lebenden und die Toten.

»Wie kommen wir denn jetzt am besten nach Aveiro … hast du noch Geld?«, entgegnete August schroff. Er ließ ihre Hand los und Juli hörte ihre Glücksblase platzen. Der Aufprall war hart und farblos. Wie konnte man sich in kurzer Zeit so nah und so fern sein?

»Yep, hier«, krächzte Juli. Ihre Stimme versagte. Sie stülpte ihre Hosentaschen nach außen, aus denen noch der Sand der letzten Nacht rieselte, und hielt August zwei Zwanzigerscheine und einen Hunderter hin.

»Das ist noch von den Baumleuten.«

Sie versuchte, Augusts Gesicht zu lesen, doch er war irgendwie in eine Welt abgetaucht, die Juli nicht kannte. Ohne ein weiteres Wort ging er Richtung Promenade, die sich zunehmend mit Menschen füllte. Juli schulterte ihren Rucksack und stapfte ihm hinterher. Hatte sie etwas Falsches gesagt? Nur was? Oder war die morgendliche Katerstimmung normal nach der »ersten Nacht«? Ihr Gedankenurlaub war jedenfalls beendet. Und das blutorangefarbene Glücksgefühl auch.

Liebe Mira, dieser August ist irgendwie in unsere Umlaufbahn geraten - das ist mir unheimlich. Ein Fremdkörper zwischen uns. Es ist eigentlich dein Platz. Ich habe das Gefühl, dass ich ihn schon ewig kenne, gleichzeitig weiß ich gar nichts von ihm. Nicht mal seinen Namen. Wir hatten eine wundervolle Nacht zusammen. Es war magisch. Ich rieche noch nach ihm, und wenn ich an die Küsse auf meiner Haut denke, dann wird mir richtig schlecht. Ich habe ihm von dir erzählt, ziemlich viel sogar. Hast du gespürt, als wir uns so nah waren? Oje, jetzt sag ich schon wieder »wir« und »uns«. Was ist nur los mit mir? Ich weiß, ich hätte dich vorher fragen sollen, aber es ist irgendwie so passiert. Wir haben zwar nicht miteinander geschlafen, aber fast. So nah kam mir noch nie jemand, verstehst du? Scheiße, ich habe ein schlechtes Gewissen und fühle mich mies. Sorry. Es tut mir wirklich leid und ich hätte es besser gelassen. Wenn du wieder da bist, dann kann ich dir alles erklären. Seit wir vom Strand aufgebrochen sind, wird August immer komischer. Über die Nacht hat er kein Wort verloren, als hätte es sie nie gegeben. Ich weiß nicht, ob es ihm gefallen hat oder ob es ihm peinlich ist. Sein Pokerface verrät nichts. Wir sind jetzt auf dem Weg zu seinem Vater, also vielleicht ist es sein Vater, vielleicht auch nicht. Okay, ich bin ganz schön irritiert, merke ich. Shit. Ich glaube ich habe mich verliebt. Shitshitshit. Ich hoffe, ich finde dich bald, puh, miteinander reden ist doch anders, als zu schreiben. Du hättest längst einen doofen Witz gemacht und wir hätten uns gekringelt vor Lachen. Wie zwei Zimtschnecken. Weißt du noch, unsere Giggelstunden? Wir konnten nicht aufhören zu lachen, du hast mich angesteckt und ich habe dich angesteckt. Das war das Beste. Alles herauszulachen. Ach, ich vermisse dich!

»Auaaaa!« Juli stieß einen spitzen Schrei aus. Empört sah sie von ihrem Mobiltelefon auf, in das sie die Nachricht an ihre Schwester getippt hatte. Mit ihrem Kopf war sie gegen die Holzkante einer Palette geknallt. Der Fahrstil des Transporterfahrers war haarsträubend. Juli hockte hinten auf der Ladefläche des geschlossenen Transporters, eingepfercht zwischen endlosen Sardinenbüchsen, die auf Holzpaletten gestapelt waren. Dicht bis an die Deckenplane. Ihr gegenüber in der einzigen anderen Lücke saß August, ebenso schweißgebadet. Sein Gesicht war weiß, dabei schrie er wie ein Seemann.

»Cão desgraçado, que estúpido, caramba pá!!«

Juli verstand kein Wort und schickte ein Stoßgebet in den Himmel. Sie hatte ja nicht gewusst, welche schäbigen Sitzplätze sie erwarten würden, als sie den sympathischen portugiesischen Fahrer mit den Labradoraugen in der Nähe der Sardinenfabrik abgefangen hatten und August ihn gefragt hatte, ob er sie nach Aveiro bringen könne. Ihr Glück war, dass er genau dort seine Sardinenbüchsen abliefern musste, Pech war alles andere. Der fiese Fischgestank, die feuchte Ladefläche, die Hitze, die Enge und die Dunkelheit.

Als der Fahrer nach einer halben Stunde Fahrt, die Juli länger vorgekommen war als der Rest ihrer gesamten Reise, endlich die Plane hochzog, sprang August ihm entgegen. Hechelnd wie ein Hund rannte er zu einem Brunnen, der auf einem Platz zufrieden vor sich hin sprudelte, und hielt seinen Kopf ins Wasser. Ein alter Mann sah von seiner Zeitung auf und redete mit August, während der Fahrer Juli von dem Transporter herunterhalf. Und als sie »Obrigada« zu dem Fahrer sagte, der mit einem selbstgefälligen Grinsen ihre vierzig Euro in der Vordertasche seines Blaumanns verschwinden ließ, fühlte es sich falsch an. Das war viel zu viel Geld! *Vielen Dank, dass Sie uns fast umgebracht haben*, hätte Juli lieber gesagt. Oder: *Eigentlich müssten Sie uns Geld dafür geben, dass wir mit Ihnen mitgefahren sind.* Idiot!

Es war ein runder kleiner Platz, alte Männer dösten in den Schatten der Kiefern, ein farbenprächtiges Blumenbeet säumte den Rand. Alles wirkte auffallend sauber und ordentlich. Laufend fotografierten sich Touristen vor dem unspektakulären Brunnen, eine junge Japanerin lächelte ihrem Selfiestick zu. Juli trat zu August und wusch sich ausgiebig das Gesicht.

»Wasser, endlich«, hechelte sie, und August nickte zustimmend. Auf dem Grund des Brunnens schimmerten Münzen in allen Größen.

»Warum werfen Leute Geld in die Brunnen?«, wunderte sich August.

»Damit Wünsche in Erfüllung gehen.«

»Wenn das so einfach wäre.«

»Manchmal hilft es, an etwas zu glauben.«

»Ja?«

Juli zuckte mit den Schultern. Sie wusste es selbst nicht mehr so genau.

»Mal sehen, was passiert, wenn wir das Gegenteil machen«, sagte sie, und unter dem Blick der Marienstatue, die von der Mitte des Brunnens denkwürdig auf sie herunterschaute, krempelte sie ihr T-Shirt hoch. Dann streckte sie einen Arm ins Wasser aus und fischte nach einem Zweieurostück. Perplex sah ihr August dabei zu.

»Du spinnst ja.«

»Hoffentlich werden wir jetzt nicht verflucht.« Juli beugte sich weiter vor, um noch mehr Eurostücke einzusammeln.

»Wieso wir? Du.«

»Hey!« Julis Hand rutschte ab, und bevor sie das Gleichgewicht verlor, packte August sie an der Hüfte.

»Okay, wir«, sagte er nach einer Weile und grinste Juli an, die ihm stolz die Euromünzen reichte. *Haaaaaach*, atmete es in Juli auf. Dieses Augustschmunzeln, wie sehr sie es vermisst hatte. Etwas in ihrem Brustkorb entspannte sich, und Juli vermutete, dass es ihr Herz war. Warum eigentlich nicht die Lunge, die war doch genauso lebenswichtig, oder der Darm? Dann würde auf jeder Merci-Verpackung oder auf jeder Fleurop-Grußkarte ein Darm gezeichnet sein, und darunter würde stehen: »In Love, Diana.« Oder »Ron«. Juli verschob ihre grotesken Gedanken in den Mülleimer ihres Hirns und lächelte August an. Dabei strahlte sie über das ganze Gesicht, jeder Leuchtturm wirkte daneben wie ein schwaches Licht. Sie stand echt neben sich, definitiv. Was hatte dieser Junge nur mit ihr gemacht?

Vor dem Platz verlief ein Kanal, wo ein Gondoliere auf einem bunten Holzboot Touristen vorbeischipperte. Eine schmale Brücke führte auf die andere Seite, wo sich ein einfaches großes Gebäude erstreckte, vor dem sich eine Menschentraube versammelt hatte.

»Da! Sieh mal!« An dem Metallgeländer der Brücke hingen gleich mehrere Wahlplakate hintereinander mit dem Gesicht von Augusts Vater.

»Hmmmmm.« August stieß einen langen Seufzer aus. »Ich glaub, wir sind da.« Juli nickte, legte ihre Hand auf seine. Sie hatten dieselbe Temperatur.

»Wird bestimmt gut«, murmelte Juli leise und sah August dabei ermutigend an. Sie hatte ja keine Idee, was auf sie zukommen würde.

Jorge Antonio Pinto de Ribeiro war ein mittelgroßer Mann im mittleren Alter. Eigentlich war alles an ihm mittel. Sein Aussehen, seine Größe, sein Alter, nur seine Stimme nicht. Die war besonders tief und laut. Seine schwarzen glatten Haare zurückgegelt, frisch rasiert und in einem schwarzen Anzug mit weißem Hemd, stand er auf der Bühne hinter einem Rednerpodest in der Markthalle, die zu allen Seiten hin offen war und durch die ein leichter Sommerwind wehte. Der geschniegelte Mann wirkte völlig deplatziert zwischen den einfachen Fisch- und Blumenständen, was allerdings seiner Popularität keinen Abbruch tat. Dutzende Portugiesen, aus deren Plastiktüten Krakenköpfe und Fischschwänze herausragten, hatten sich zu seinen Füßen versammelt. Selbst die Händler unterbrachen ihren Verkauf, um Jorge Antonio Pinto de Ribeiro zuzuhören, der um die Stelle des neuen Parteivorsitzenden antrat. So viel hatte August Juli verraten. Sie standen vor der Bühne inmitten der Menschenmenge, dicht aneinandergedrängt. Augusts Hand hielt Julis Hand fest in seiner, Schweiß tropfte von seiner Stirn, seine Augen blinzelten unruhig, und Juli nahm den säuerlichen Körpergeruch wahr, den sie von dem nervösen Magen ihrer Mutter kannte. Die Lippen fest aufeinandergepresst, blickte er sich aufgeregt um, lauschte dabei jedem Wort des Mannes auf der Bühne.

»… e prometo que comigo todos terão emprego!«, Juli verstand nicht mal Bahnhof.

»Wovon redet der da?«, fragte sie August, als im selben Moment ein etwa gleichaltriger Junge neben ihnen auftauchte. Er trug verschlissene Kleidung und quer über der Oberlippe hatte er eine auffällige Narbe.

»Mauro?« Fassungslos sah der Junge August an, klopfte ihm auf die Schulter. August zuckte. Schlagartig ließ er Julis Hand los, hob wehrhaft seine Hände.

»Que?«

»Mauro!«, wiederholte der Junge den Namen, woraufhin August seine Hände sinken ließ. Seine Anspannung wich einem kurzen Lächeln, und dann begann er, sich mit dem Jungen auf Portugiesisch zu unterhalten.

Woher kannten sie sich? War es sein Freund, sein Bruder? Tausend Fragen schossen durch Julis Kopf, während August mit dem Jungen redete.

»Was denn, jetzt sag schon?«, fragte Juli. Sie platzte vor Neugierde.

»Sie dachten, ich bin weg. Habe es geschafft.«

»Was denn?«

»Weiß ich eben nicht.« August biss sich auf die Lippe und Juli bemerkte seine Hilflosigkeit. Es musste wirklich schlimm sein, wenn man nichts mehr über sich wusste, dachte Juli, der August plötzlich richtig leidtat. Sie stellte sich dicht neben ihn, Schulter an Schulter, um ihm etwas Orientierung zu geben. So viele Menschen war selbst sie nicht mehr gewohnt.

»Scheiße, Mann, aus São Martinho abzuhauen«, schrie der Junge sie kopfschüttelnd an.

»São Martinho?«, wiederholte August die Worte bedacht.

»Verstehst du etwa auch Deutsch?« Unverwandt starrte Juli den Jungen mit der Narbe an. Gab es da einen Zusammenhang?

»Bin auch da. Ist Jesuitenschule. Aber Mauro besser, lange da.« Der Junge klopfte August wieder auf die Schulter, wobei ein Zucken durch Augusts Körper ging. Er starrte auf die Bühne, und Juli, die den Jungen weiter befragte, bemerkte in dem Moment, dass Jorge Antonio Pinto de Ribeiro schon länger kein Wort mehr gesagt hatte. Stattdessen beobachtete er sie, genauer gesagt, August und den Jungen. Ein Lächeln breitete sich auf dem Gesicht des Mannes aus, wobei seine weißen Zähne aufblitzten.

»Maurinho, aqui estás tu! Onde é que tu estiveste? Estamos preocupados contigo, vem aqui ao perto de mim.«

Alle starrten sie an. Für eine Sekunde war es mucksmäuschenstill in der großen Halle, nur ein paar verirrte Tauben flogen hindurch. Wieder stand die Zeit still. Trockener Speichel klebte an Augusts Mundwinkel und Juli ballte ihre Hände zu Fäusten. Sie fühlte sich wie in einem ausländischen Film ohne Untertitel. Sie hatte kein Wort verstanden. Unschlüssig schaute August sie an, blickte zu dem Jungen, der ratlos mit den Schultern zuckte.

»Mauro«, wiederholte Ribeiro den Namen, breitete seine Arme aus. Ein Raunen ging durch die Menge.

»Dein Vater«, flüsterte Juli August zu, der die Schultern bis zum Kinn hochzog, als wollte er mit dem Kopf zurück in seinen Panzer kriechen. Juli spürte seinen Argwohn, roch seine Angst und ihre eigene. Würde sie August jetzt verlieren? Für immer? Schritt für Schritt bewegte sich August durch die Menschenmenge, die zurückwich, um den Weg zur Bühne freizugeben.

»August«, krächzte Juli leise. Sie wollte ihm noch etwas zurufen, doch sie wusste nicht, was. Der Abschied lähmte sie. Sie schaute zu dem Mann auf der Bühne, dessen Zahnpastalächeln plötzlich etwas Gefräßiges hatte. Irgendwas stimmte hier nicht.

»August?« Der Junge mit der Narbe sah sie verständnislos an. »Ist Arschloch.« Er deutete mit dem Finger auf Jorge Antonio Pinto de Ribeiro, den Kopf weggeduckt.

Juli hatte seine Worte erst gar nicht gehört. Sie verfolgte jeden Meter von August, der die Bühne hinaufging und von seinem Vater unter Jubelrufen in den Arm genommen wurde.

»Was?«, rief sie dem Jungen zu, der nicht mehr neben ihr war. Wo war er hin? Was hatte er gerade zu ihr gesagt? Das Publikum applaudierte zu der langen Umarmung und Ribeiro trat zusammen mit August ans Mikrofon. Er hielt ihn fest im Arm, sehr fest. Von Weitem sah Juli, wie August sich aus dem Griff befreien wollte, ohne Erfolg. Stattdessen traten zwei Security-Männer mit grimmigen Gesichtern neben ihn. Wer war dieser Politiker? Hatte Juli sich etwa getäuscht? Augusts Augen wanderten unruhig durch die Menge, er suchte nach Juli, fand sie nicht. Juli wedelte mit den Armen, und je länger sie Jorge Antonio Pinto de Ribeiro, der aufgeregt in das Mikrofon sprach, beobachtete, desto mehr beschlich sie das Gefühl, dass sie einen Fehler gemacht hatte, einen großen Fehler. Das war nicht Augusts Vater. Das verriet Augusts Gesicht, aus dem jede neu gewonnene Lebendigkeit gewichen war. Stattdessen waren da wieder diese Wut und diese Ohnmacht, die Juli zu gut kannte. Sie waren einer Fantasie gefolgt, einer Hoffnung. Und sie hatte August mit hineingezogen. Ihr Herz klopfte bis zum Anschlag. Schuldgefühle überfielen Juli und die Worte des Jungen dröhnten in ihren Ohren. Hatte sie August etwa einem Feind ausgeliefert? Was war hier los? Sie winkte August zu, sprang hinter den dicht gedrängten Menschen hoch, um auf sich aufmerksam zu machen, doch August sah sie nicht. Nicht mehr. Die Verbindung zwischen ihnen war abgebrochen. In dem Moment klatschte ein Fisch in das gepuderte Gesicht des Politikers.

»És um metiroso«, schrie jemand. Das Publikum hielt den Atem an, ein paar Marktleute lachten. Juli erkannte den Jungen wieder, der im Publikum stand und einen weiteren Fisch nach dem Politiker warf. August nutzte den Moment, und innerhalb von Sekunden hatte er sich aus dem Klammergriff des Mannes befreit, der schreiend seine Security-Leute auf den Angreifer hetzte. In einem weiten Satz sprang August seitlich von der Bühne, die bestimmt zwei Meter hoch war. Mit den Knien knallte er auf den gefliesten Markthallenboden auf, was ihn nicht hinderte, sofort weiterzurennen. Erschrocken hielt sich Juli beide Hände vors Gesicht. Das war er. Ihr August. Sie war fast ein bisschen stolz, als er unter den staunenden Blicken des Publikums davonjagte.

Juli war gerannt wie der Blitz, der den Donner überholen will. Über den Marktplatz hinweg, entlang des Kanals, der sich vor dem alten Bahnhofsgebäude teilte, war sie August gefolgt. Er war die Treppe heruntergerannt, während Juli gleichzeitig die Rolltreppe heruntergesprungen war. Zusammen waren sie durch die Unterführung gespurtet, bis Juli ihn schließlich eingeholt hatte. Hinter dem großen Parkplatz war August die Puste ausgegangen. Die Arme auf die Knie gestützt, stand er im Schatten eines jungen Olivenbaumes auf dem Bürgersteig zwischen einer Hauswand und einer schmalen Straße, die in eine Wohngegend bergauf führte.

»August«, keuchte Juli, »warte.« Ihre Wangen glänzten feuerrot, und ihr Herz hämmerte so fest gegen ihre Brust, dass es wehtat. »Was war da eben los?«

August wich ihrem fragenden Blick aus. Juli setzte ihren Rucksack ab und fischte die Wasserflasche heraus. Trank sie halb leer. Dann reichte sie die Flasche August, der fluchend mit seinem Fuß gegen die Hauswand trat. Zorn funkelte in seinen Augen, Zorn und Widerwillen.

»Hier, für dich. Das tut dir gut.« Juli hielt ihm erneut die Wasserflasche hin.

»Woher du weißt eigentlich, was gut für mich ist?«, schrie August sie aus heiterem Himmel an und schlug ihr die Wasserflasche aus der Hand.

»Ähh, August, ich … ich dachte, du hast vielleicht Durst«, stammelte Juli leise.

»Ich heiße Mauro!«

»Entschuldigung. Mauro.« Mit erhobenen Händen wich Juli vor seiner aufsteigenden Wut zurück.

»Wie ich konnte hören auf dich? Du dich hast in was reingesteigert und ich habe mitgemacht. Wahrscheinlich du hast recht: Es gibt eine Grund, warum ich meine Leben vergessen habe.«

Juli schluckte mehrmals. Augusts Wut schmerzte sie.

»Wie meinst du das denn? Was ist denn los? Wer ist dieser Typ?«

»Ich bin niemand. Niemand vermisst mich. Verstehst du, niemand. Und weißt du, warum? Weil ich komme aus einem Heim, wo Kinder sind, die keiner mehr haben will. Der letzte Abschaum. Ich nicht bin der Sohn des Staatsministers!«

»Hey …«, versuchte Juli es behutsam, doch als sie einen Schritt auf ihn zuging und ihn an der Schulter berühren wollte, schubste August sie weg. Vor lauter Schreck stolperte sie über ihre eigenen Füße und landete mit dem Hintern auf dem unebenen Kopfsteinpflaster. Ein Flugzeug flog über sie hinweg und hinterließ einen weißen Streifen am wolkenlosen blauen Himmel. Alles fühlte sich unwirklich an. Wie in Watte. Ohne Zucker.

»Es ging immer nur um dich. Die ganze Zeit. Du hast doch nur eine Grund gesucht, um deine Eltern eins auszuwischen, hast benutzt mich, und dich dabei an mich geklammert wie eine Klette.«

Er spuckte ihr vor die Füße.

»Merkst du eigentlich selbst, wie du spinnst? Mira, Mira, Mira? Wie du dir was vormachst? Du nicht mal kannst eine Meter alleine gehen. Du tust mir echt leid.«

Er schaute auf sie herab, und zum ersten Mal, seit Juli ihn getroffen hatte, spürte sie so etwas wie Verachtung in seinem Blick.

»Ich wäre froh, ich dich nie kennengelernt hätte«, sagte er und dann drehte er sich um und ging davon. Ließ sie auf dem Bürgersteig neben den parkenden Autos liegen. Einfach so.

13. AUF DEM MEERESGRUND

Eine Ewigkeit später erwachte Juli aus ihrer Schockstarre. Sie war in einen falschen Film geraten. Einen Horrorfilm. Ab achtzehn. Augusts Worte, die nicht mehr auszulöschen waren, brannten sich tief bis in ihr Mark. Er hatte ihr Feld der Hoffnung gepflügt. War mit seinen harten Worten darübergebrettert, hatte ihr Vertrauen ausgenutzt. Warum hatte sie ihm auch alles erzählen müssen? Warum suchte sie in allem und jedem diese Verbundenheit, die sie zu etwas Ganzem werden ließ? Er war nicht ihre Schwester. Juli fühlte sich so alleine wie schon lange nicht mehr. Alles war fremd. Dieser Ort, die Sprache, die Menschen, dieses Land. Warum nur hatte sie sich auf dieses bescheuerte Abenteuer eingelassen? August hatte recht. Sie war verrückt. Nicht cool verrückt, sondern verrückt verrückt. Krankhaft wirr im Denken und Handeln. Verschoben. Anders als die anderen. Einsamer. Sie war das schwarze Loch. Sie stützte sich auf ihren Händen ab, um aufzustehen, während ihre Gedanken spiralförmig nach unten kreisten und sie mit in die Tiefe zogen. Gegenüber gingen zwei gleichaltrige Mädchen vorbei, sie trugen dunkelblaue Schuluniformen und kicherten. Reflexartig duckte sich Juli hinter ein parkendes Auto. Sie wusste selbst nicht, warum sie sich vor den Schülerinnen versteckte. Es war mehr Scham als Angst. Sie war dreckig, Dreck pappte an ihren Oberschenkeln, und als sich ihr Gesicht in der Autofensterscheibe spiegelte, erkannte sie sich nicht. War sie etwa dieses vergammelte Mädchen mit den großen, traurigen Augen? Mit den fettigen, verknoteten Haaren und mit dieser ausgetrockneten Haut? Was würde Mira von ihr halten, wenn sie sie sehen würde? Oder ihre Eltern? Nicht mehr viel jedenfalls, dachte Juli, aus der jede Luft gewichen war.

Kraftlos schleppte sie sich zurück zum Bahnhof, wo ihr noch mehr Schüler- und Schülerinnenuniformen entgegenströmten. Es waren so viele, dass sie nicht ausweichen konnte. Sie starrte auf den Boden, orientierte sich an den Quadraten in den Fliesen, um jede Konfrontation zu vermeiden. Die rechtwinkligen Linien gaben ihr in diesem Augenblick Halt. Vielleicht war der rechte Winkel nur erfunden worden, um den Menschen die Angst vor dem Tod zu nehmen, vielleicht waren deshalb die Särge so eckig. Ein runder Sarg wäre doch viel angebrachter, dachte Juli in ihrem emotionalen Durcheinander. Je einsamer sie war, desto absurder wurden ihre Gedanken. Wo sollte sie jetzt hin? August war weg und sie wusste nicht, wohin. Er hatte kein Handy, sie hatte keine Adresse, keinen Namen von ihm, dem neuen Mauro, ihrem alten August. Ein stummer Schluchzer schüttelte sie, sodass sie stehen bleiben musste. Sie stützte sich in der Bahnhofshalle an einer Säule ab, presste ihre Lippen fest zusammen, um nicht laut aufzuschreien. Und plötzlich sehnte sie sich nach zu Hause, nach der Nestwärme ihrer Eltern, den vertrauten Gerüchen in ihrem Bett, ihrem Kopfkissen. Sie griff nach hinten zum Rucksack, um ihr Handy herauszuholen, doch da war kein Rucksack mehr. FUCK! Hatte sie den etwa auf der Straße liegen lassen? Ihren letzten Anker. Suchend kreiste sie mehrmals um die Säule, und als sie aufschaute, starrte sie ein Mädchen an, das mit dem Schülerstrom mitgeschwemmt worden war. Sie nippte an einer Fanta und anders als die anderen trug sie keine Uniform. Ihre hellbraunen Haare hatte sie zu einem Pferdeschwanz gebunden, der Rest sah aus wie sie. Wie Juli. Dreimal blickte Juli insgesamt weg und wieder hin. Das konnte nicht sein. Sie rieb sich die Augen, auch das orangegelbe Halstuch erkannte sie wieder von Mira. Mira!!! Sie stürmte dem Mädchen hinterher, das die Bahnhofshalle verlassen hatte und hinter einem weißen Gebäude verschwunden war. Wie eine Wahnsinnige irrte Juli durch die Gassen der pittoresken Kleinstadt, folgte dem Mädchen, rempelte ein altes portugiesisches Ehepaar an, das ihr verwundert hinterherschaute. Atemlos bog sie um die Ecke, sah, wie das Mädchen eine Pastelaria betrat, gerade noch rechtzeitig. Mira!!!!

Die Schülerin wollte gerade ihr Croissant an der Kasse bezahlen, als Juli das Mädchen an der Schulter packte und herumriss. Vor Schreck ließ sie ihr Geld fallen. Ihre Augen waren hellblau, ihre Hautfarbe etwas dunkler. Es war nicht Mira.

Natürlich nicht.

Am ganzen Leibe zitternd, schaute sie Juli an.

»O que se passa contigo?«, schnauzte der Mann hinter der Kasse Juli an. Er trug einen weißen Kittel, dazu eine weiße Arbeitshaube. Mit erhobener Hand trat er hinter dem Tresen hervor.

»Inacreditável!«, raunte eine alte Frau, die ihren Zwergpinscher mit dem Rest ihres Toasts fütterte. Orientierungslos blickte sich Juli um. Alle Leute in der traditionellen Bäckerei starrten sie an. Das Mädchen wich zurück, sie hatte Angst vor ihr. So weit war es gekommen. Sie war ein Monster geworden, schoss es Juli durch den Kopf, sie war wirklich verrückt. War es das, was die Hoffnung aus einem machte? Die Hoffnung, von der sie immer gedacht hatte, dass sie besser war als dieses Nichts, als diese schwarze Leere.

Beschützend legte der Bäcker einen Arm um die Schülerin, und plötzlich redeten alle durcheinander auf Juli ein, eine Kakofonie aus Worten, die Juli nicht verstand. Nur so viel: Sie schickten sie fort, jagten sie davon wie einen lästigen Straßenköter. Der Mann trat sogar nach ihr. Juli wurde speiübel. Sie wollte sich bei dem Mädchen entschuldigen, sie wusste nur nicht, wie. Rückwärts und mit erhobenen Händen verließ sie die Bäckerei, und dann, bevor die Gedankenwelle sie packte, rannte sie los. Rannte durch die Kleinstadt Richtung Westen, wo sich großflächige Salinenfelder auftaten. Die Luft roch nach Algen und etwas, das sie nicht definieren konnte. Vielleicht war es Salz oder warmer Asphalt. Längst hatte Juli, die einem schmalen Pfad gefolgt war, ihre Schmerzgrenze überschritten. Sie rannte immerzu weiter. Die Nachmittagshitze brannte auf ihrer Haut und ihre Zunge klebte an ihren Lippen fest. Entschlossen kletterte sie über eine Absperrung, stolperte einen Kalkfelsen hinauf, hinter dem sie das Meer vermutete und die Sonne, die sich hinter der einzigen Wolke weit und breit versteckt hatte. Drum herum erstreckte sich ein breiter Sandstrand, umgeben von einer Felsenlandschaft in Gelb- und Rottönen. Immer wieder rutschte Juli auf dem staubigen Boden ab, kämpfte sich wieder hoch, kämpfte sich weiter. Sie rannte gegen ihre Gedanken an, gegen ihre Gefühle, die in ihr aufbrechen würden, sobald sie stoppte. Das wusste sie. Ihr einziger Verfolger war ihr eigener Schatten.

Oben auf dem Felsen angekommen, blickte Juli auf das Meer hinunter, das vor sich hin schimmerte. Wellen wie Berge mit schneebedeckten Gipfeln. Es glitzerte wie Millionen Sterne. Wassersterne. Und es war sehr laut. Voller Wucht schlugen die Wellen gegen den Kalkfelsen, der sie ebenso kräftig wieder zurückschmetterte. Ein

Match ohne Gewinner. Juli versuchte, ihren Atem zu beruhigen, während ihr Tränen aus den Augen tropften. Niemand war mehr da. Sie war jetzt alleine. Ganz alleine. Ohne August und ohne die Hoffnung, die sich in ihr eingenistet hatte wie eine Zecke. Außer kleinen Eidechsen, die in den Gebüschen zuckten, hatte sich niemand auf die ausgestellte Felskante verlaufen. Julis Lippen zitterten. Sie biss sich auf die Zunge und der Geschmack von Blut breitete sich in ihrem Gaumen aus. Sie wollte nicht heulen. Zu groß war die Wut über das, was passiert war. August war weg. Mit sich ringend, hob sie einen flachen Stein vom Boden auf, schleuderte ihn Richtung Meer. Dann noch einen. Und noch einen. Früher mit Mira zusammen hatte sie sich immer etwas gewünscht dabei. Jetzt wünschte sie sich nichts mehr. Sie war wunschlos unglücklich.

»Ich hasse dich!«, schrie Juli das Meer an. »ICH HASSE DICH!«

Sie holte Anlauf, schleuderte einen weiteren Steinbrocken ins Meer. In dem Moment glitten ihre Füße unter ihr weg. Der bröckelige Boden gab nach und sie rutschte immer weiter vor bis an das Ende der Klippe. Wild schlug sie mit den Armen um sich, griff in das Geröll, das sich nicht fassen lassen wollte. Sie suchte nach Halt und fand das Nichts. Schreiend stürzte sie in die Tiefe, hinein in das zähnefletschende Maul des Meeres.

Die Härte des Aufpralls raubte Juli jeden Atem. Eine riesige Welle verschluckte sie und zog sie in die Tiefe. Kraftvoll und gnadenlos. Von einem starken Sog wurde sie nach unten gezogen, hinein in einen riesigen Sardinenschwarm, der auseinanderdriftete und wieder zusammenfand. Tausende zappelige silbrige Fische, die ununterbrochen die Schwimmrichtung wechselten.

Juli sank tiefer und tiefer. Das Ungewöhnlichste dabei war: Sie hatte keine Angst. Im Gegenteil: Sie war ganz klar. Alle Sinne waren scharf gestellt, und sie schaute sich selbst dabei zu, wie sie immer tiefer sank. Ein Teil befand sich außerhalb von ihr. Sie sah, wie etwas aus dem Dunkel auf sie zuschwamm. Ein Fisch. Ein riesiger Barrakuda. Geschmeidig umkreiste er sie, blickte sie sanftmütig an. Sanftmütig? Holy shit! Das war ein Barrakuda und kein Engel. Ungläubig sah Juli ihn an. Nicht schon wieder. Es war verrückt, aber es waren Miras Augen. Dieses Grün mit dem bernsteinfarbenen kleinen Punkt in der linken Pupille. Juli öffnete den Mund, kleine Wasserbläschen blubberten in das Licht an die Oberfläche, die immer weiter weggerückt war. Still war es in der Tiefe, viel stiller als draußen. Juli streckte einen Arm nach dem Fisch aus, dessen Flosse bei der Bewegung davonwischte. Sie blickte nach oben, wo eine Hand nach ihr griff. August? Wie konnte das möglich sein. Das hier war nicht real. Sie war unter Wasser und sie war am Ertrinken.

Der Barrakuda verschwand in den dunklen Tiefen, so unerwartet, wie er aufgetaucht war. Sollte sie ihm folgen?

Dann plötzlich sah sie Miras Gesicht, dort, wo der Barrakuda verschwunden war, zwischen den aufsteigenden Wasserblasen. Ihre Haare schwammen um sie herum. Das konnte nicht sein!

»Lass mich gehen. Du bist auch alleine ganz und vollständig«, flüsterte Mira. Es schien, als könnte sie unter Wasser nicht nur sprechen, sondern auch atmen. Zwischen ihren Fingern hatten sich Schwimmhäute gebildet, ansonsten sah sie aus wie vor drei Jahren, als Juli sie das letzte Mal gesehen hatte. Vehement schüttelte Juli den Kopf. Sie würde sie niemals loslassen, niemals! Mira nahm ihre Hand und hielt sie fest. Juli schaute Mira an. Und Mira schaute Juli an. Unter Wasser trafen sich ihre Blicke, ihre Herzen, die für immer miteinander verbunden sein würden.

»Ich werde immer ein Teil von dir sein, so wie du immer ein Teil von mir sein wirst.« Mira lächelte. Deutete auf einen Seestern, der auf dem Meeresgrund lag. Eine vom Himmel gefallene Sternschnuppe. Juli folgte ihrem Fingerzeig, als sie aufblickte, sah sie nur noch Miras Schwanzflosse.

Mira war weg und plötzlich schnappte Juli nach Luft. Sah wieder die Hand über sich.

Es war eine Entscheidung zwischen dem Tod und dem Leben.

Mira war der Tod. August das Leben.

Einundzwanzig, zweiundzwanzig, dreiundzwanzig. Wieder stand die Zeit still, doch es war kein Stillstand, es war eine Zeitenwende. Momente, die das Leben verändern. Wo eine einzige Entscheidung den neuen Weg bereitet. Oder eben nicht. Wo man die falsche Ausfahrt nimmt; in den Flieger steigt, der abstürzt; sich mit den falschen Leuten anlegt. All das weiß man erst am Ende des Lebens. War es das schon, das Ende?

Juli griff nach der Hand. Entschied sich für das Leben. Tauchte auf in den tanzenden Wellen des Atlantiks, nahm einen tiefen Atemzug. Luft, Licht, Sonne, Luft, Licht, Sonne. Wie gut das tat! Sie lebte! Eine herannahende Welle trug sie näher ans Ufer, wo sie mit letzter Kraft an Land robbte. Sie drehte sich nach der helfenden Hand um.

Doch da war niemand.

Sie hatte sich selbst gerettet.

Schwach lächelte Juli vor sich hin, dann wurde alles schwarz.

Sonnenfinsternis. Mondfinsternis. Menschenfinsternis.

Alles in Juli war verdunkelt und sie hatte das Gefühl für Zeit und Raum verloren. Sie lag auf der unteren Etage eines Stockbetts in einem einfachen Zimmer. An der Wand hing eine Kinderzeichnung mit MamaPapaKind in Regenbogenfarben und ein Plakat von einer Band, von der Juli noch nie im Leben gehört hatte. Zwei weitere Etagenbetten standen schräg verteilt in den anderen Ecken des Zimmers, das sehr spartanisch eingerichtet war. Neben einem Dutzend Moskitos gab es sechs graue Spinde, ein kleines Fenster und zwei Neonlichtröhren, wovon eine zersplittert war.

Gab es im Himmel defekte Neonröhren? Oder war sie zu Hause? Juli wusste es nicht. Sie war wie eingenebelt. Ihre Vergangenheit, ihre Zukunft, da war nichts. Da war nur diese Hand, die ihre Hand festhielt, und eine Stimme aus der Ferne, die zu ihr sprach:

»Es mir so leidtut, ich war so wütend. Auf mich. Als ich diesen Ribeiro gesehen habe, kam so viel wieder hoch. Er nicht mein Vater ist, er schlechter Mann ist, und ich bin ...«, August geriet ins Stocken. Mit einer Stirnlampe saß er neben Juli auf der Bettkante und hielt ihre Hand, tupfte ihre fiebrige Stirn mit der anderen Hand ab, in der er einen Lappen hielt, den er abermals in einen Eiswassereimer tauchte. Juli glühte. Innen und außen. Gleichzeitig hatte sie Schüttelfrost. Sie stöhnte auf, wollte etwas antworten, doch ihre Zunge gehorchte ihr nicht. Augusts Gesicht verschwamm vor ihren Augen, wenngleich jedes seiner Worte zu ihr vordrang. Etwas dumpf, aber verständlich. Immer noch wusste sie nicht, wo sie war. Ihre Fingerspitzen zuckten in Augusts Hand, dem Tränen aus den Augen liefen, während er weitersprach: »Der Arzt gesagt hat, das Fieber ein paar Tage dauert. Es war ganz komisch. Ich hab von dich geträumt, wie du ins Meer gefallen bist, und dann bin ich los an den Strand, die ganze Nacht lang ... bis ich dich gefunden habe. Du da am Ufer gelegen hast. Komisch, oder? Erst du hast mich gerettet, dann ich dich. Seit ich dich kenne, ist alles irgendwie verrückt.«

August scheuchte einen Moskito von Julis Arm und betrachtete ihre geschlossenen Augen. Doch sie hatte jedes Wort gehört. Ja, es war schon seltsam, diese Spiegelung, dachte Juli, bevor sie in einen unruhigen Schlaf fiel.

Ihr Körper war weit weg und ihr Geist wanderte durch eine Welt voller Farben. In ihrem Traum hatte jede Person eine eigene Farbe, selbst Tiere und Gegenstände: Ein grauhaariger Mann mit einem kleinen Hund auf dem Arm war rot, auch der Hund; ein junges Mädchen mit bauchfreiem Top war lilablau, der Zebrastreifen war türkis, eine Zeder war pink. Selbst die Fußgängerampel leuchtete in Julis Gefühlsfarben. Jeder durfte in Julis Traumwelt sein, wie er sich fühlte. Ohne etwas zu verbergen. Nichts wurde bewertet und jedes Gefühl war willkommen. Auch die gelbe Eifersucht und die weiße Traurigkeit. Das tat irgendwie gut.

Stöhnend öffnete Juli ein Auge, noch beseelt von ihrem Traum. Sie schob das feuchte Tuch auf ihrem Gesicht zur Seite und entdeckte August, der neben ihr auf dem Fliesenboden schlief. Ein mattes Lächeln erschien auf ihrem blassen Gesicht.

»Bist du mein neuer Wachhund?«, fragte sie sehr leise.

»Juli!« Schlagartig setzte sich August auf, kniete sich neben sie ans Bett. »Da du ja wieder bist, na endlich!«

Juli wollte den Kopf heben, aber sie schaffte gerade mal ein paar Zentimeter, dann sank sie wieder zurück ins Kissen.

»Wie geht's dir?«, wollte August wissen.

»Ich kann mich an nichts erinnern«, entgegnete Juli matt.

Augusts Gesichtszüge entgleisten.

»Ich bin's – August!« Er zeigte mit dem Finger auf sich, wiederholte seinen Namen in Zeitlupe: »A…U…G…U…S…T.«

Irritiert zog Juli die Augenbrauen zusammen.

»Ich dachte, du heißt Mauro.« Sie legte den Kopf schief und grinste August versonnen an, der sie in den Unterarm zwickte.

»Hey, das gemein war«, sagte er, ohne es wirklich zu meinen.

Und dann mussten sie beide gleichzeitig lachen. August griff nach ihrer Hand und bei der Berührung bekam Juli am ganzen Körper wieder Gänsehaut. Für einen Augenblick wurde das einfache Zimmer zu dem schönsten Ort der Welt. Denn die Liebe machte sich nichts aus Staub auf den Fensterbänken, aus einem wolkenverhangenen Himmel oder aus den Eisenstäben der Etagenbetten, die vollgepappt waren mit alten Aufklebern. Sie war einfach da. Ohne zu fragen. Und ja, auch wenn Juli es August noch nicht gesagt hatte. Sie liebte ihn, irgendwie. Oder wie sonst nannte man dieses lichtdurchflutete Gefühl, das einen durchströmt, wenn man jemanden sieht? Ihr unsportliches Herz hüpfte jedenfalls Trampolin, und langsam verstand sie, dass sie die Verbindung, die sie mit ihrer Schwester gehabt hatte, wiederfinden konnte. Nicht genau dieselbe, aber genauso schön.

»Ich dir so viel erzählen muss …«, durchbrach August die verbundene Stille zwischen ihnen, als plötzlich die Tür aufgerissen wurde und zwei bekannte Gesichter im Türrahmen auftauchten. Plus eine sabbernde Hundeschnauze.

»Mama! Papa! MILCHREIS!!!«

Der Mischlingsrüde stürzte sich auf Juli, die sich mithilfe von August in ihrem Bett aufrichtete. Voller Erstaunen sah sie ihre Eltern an, dann wieder zu August.

»Warst du das?«

Unsicher wich August vor Julis taxierendem Blick zurück.

»Ich wusste einfach weiter nicht, tut mir leid, ich …«

»Danke!«

Das war das letzte Wort, das Juli sagte, bevor sie von ihren Eltern und Milchreis völlig vereinnahmt wurde.

»Was machst du nur für Sachen, Schätzchen! Was tust du uns an? Weißt du, was für Sorgen wir uns gemacht haben?«

Am ganzen Körper zitternd, schluchzte Helene in Julis Nacken. Sie drückte sie so fest an sich, dass Juli ihr Herz schlagen hörte, das noch lauter pochte als ihr eigenes.

»Mama«, entgegnete Juli. Ein Wort, plötzlich so wertvoll. Über die Schulter sah sie dabei ihren Vater an, dessen Gesicht tränenüberströmt war. Der Versuch, sein Gesicht unter seinem Lederhut zu verstecken, ging nach hinten los.

»Bärchen.« Er strich Juli liebevoll über den Kopf, die es immer noch nicht fassen konnte. Ihre Eltern waren da, Milchreis leckte ihren Fuß ab, und sie hätte es selbst nicht für möglich gehalten, sich mal so über die Anwesenheit ihrer Eltern zu freuen. Sie blickte sich nach August um, der das Zimmer heimlich verlassen hatte, und ihre unendlich vielen Fragen an ihn musste sie sich wohl oder übel für später aufheben.

»Geht's dir gut?« Helene schob Juli eine Haarsträhne hinter das Ohr. Immer und immer wieder. Es war, als würde die Geste sie beruhigen.

»Ja, bestens.« Juli legte ihren Kopf leicht schief und nickte dazu bestätigend. Hans warf Juli einen bedeutungsvollen Blick zu, als Helene Julis Gesicht in ihre Hände nahm und sehr leise sagte: »Du lebst! Das ist die Hauptsache!« Sie atmete tief aus und in ihrem Atemzug lag die Sorge der letzten aufreibenden Wochen.

»Kann man so sagen«, fügte Juli leise hinzu. Hans schob mit dem Zeigefinger seinen Hut hoch und musterte seine Tochter wie ein Detektiv beim Zeugenverhör.

»Du siehst auch irgendwie anders aus?«

Juli legte ihren Kopf schief, musterte ihren Vater neugierig.

»Noch besser?«

»Erwachsener!«

»Das klingt wie ein Fossil.«

Bei Julis Bemerkung lachte Helene so laut auf, dass sie sich reflexartig die Hand vor den Mund hielt. Sie schien so erleichtert. Und so glücklich.

»Ihr müsst mich ab jetzt auch siezen«, entgegnete Juli mit einem matten Lächeln. So viele Gefühle machten müde. Hans und Helene schmunzelten, und sie packten Julis Sachen zusammen, um sie mit in ihre Pension zu nehmen.

»Ruh dich erst mal aus«, sprach Hans, »dann sehen wir weiter.« Gestützt von ihren Eltern, verließ Juli das Zimmer.

Sie war zwar müde, aber sie fühlte sich gleichzeitig neugeboren, und irgendwie auch neu geborgen.

14. Im Schiffswrack

So trostlos, wie August den Ort geschildert hatte, konnte er nicht sein, dachte Juli, als ihnen auf dem langen Gang drei Jungs im Bademantel entgegenkamen.

»Krass, habt ihr hier einen Pool?«, fragte sie August, der neben ihr ging und sie stützte.

»Nee, das sind ihre Klamotten. Die haben sonst nix«, klärte August sie auf, der nicht sonderlich begeistert gewesen war, als Juli ihn gebeten hatte, ihr sein Zuhause zu zeigen.

Er sah anders aus. Gel glänzte in seinen wuscheligen Haaren, er trug eine kurze Jeans, dazu ein schwarzes T-Shirt, das nicht mehr ganz neu aussah. Er hatte Juli mit einem Kuss auf die Wange empfangen, und Juli spürte die Angespanntheit in seinem Körper, während sie durch das Jugendheim gingen. Zum ersten Mal seit ihrer Ankunft nahm sie den Ort, an dem August wohnte, richtig wahr. Sie hatte die letzten zwei Tage bei ihren Eltern in der Pension durchgeschlafen, ihre Streichholzbeine wackelten noch, aber ihr Wille war wieder zurück. Und die Sehnsucht nach August. Sie hatte einen Arm bei ihm untergehakt und hielt sich mit der Hand an seinem sehnigen Oberarm fest. Er blickte sie nicht an. Auch nicht, als er Juli den Kleiderraum neben der Küche zeigte, klein geschriebene Zahlen hingen unter den gestapelten Klamotten.

»Jeder von uns eine Nummer hat, ich Nummer achtzehn bin, das ist sozusagen alles mein Eigentum.«

»Haha«, entgegnete Juli. Sie zwickte August in die Seite, doch sein Blick verriet, dass er jedes Wort ernst gemeint hatte. Vor Scham wurde er ein bisschen rot im Gesicht.

»Wie? Das ist alles?« Julis Mund fühlte sich plötzlich sehr trocken an, sie konnte nicht mal mehr schlucken.

»Immer mal wieder jemand etwas vorbeibringt. Resteessen oder Restklamotten. Aus Mitleid. Oder weil die Sachen nicht mehr passen.«

Er drehte sich zu Juli, die auf das Fach mit der Nummer Achtzehn stierte.

»Krass«, raunte sie. Ein Schauer lief ihr über den Rücken und sie griff reflexartig nach Augusts Hand. Hielt sie ganz fest.

»Und hier kommst du her?«

Entschuldigend hob August seine Schultern. Er sagte nichts und doch alles. Mit seinem ausweichenden Blick, dem hängenden Kopf, dem geräuschvollen Seufzen. Hand in Hand durchquerten sie den langen Flur. Selbst gemalte Bilder hingen an den Wänden, lautes Gegröle drang aus den Räumen, eine Gruppe Jungs rannte ihnen entgegen, verfolgt von einem verärgerten Betreuer, der August und Juli knapp zunickte.

»Es gibt hier auch ein Schule, dort lernen sie Deutsch, weil das Haus von die Jesuiten gegründet wurde.«

»Daran erinnerst du dich?«

»Nee, das hier steht«, sagte August und zeigte auf die Inschrift auf einer Skulptur, die verwahrlost in der Vorhalle stand. Juli schmunzelte, als sie den Aufenthaltsraum betraten. Ein paar Jugendliche fläzten sich mit ihren Handys auf einer abgeranzten

Couchgarnitur, andere saßen an einem Tisch tief über ihre Hausaufgabenhefte gebeugt. In der Mitte des Raumes standen ein alter Kicker und eine hochgeklappte Tischtennisplatte, Sportringe hingen von der Decke, und Juli wich den Blicken der Jungs aus, die eine Mischung aus Mitleid und Neugierde bei ihr auslösten. Ein kleiner Junge warf Juli einen Tennisball zu, ein anderer mit Downsyndrom kühlte seinen nackten Oberkörper auf den Fliesen. Juli kickte den Ball dem Jungen zurück, so treffsicher, dass alle sie interessiert anschauten.

»Hier sind nur Jungen«, sagte August.

»Wie langweilig!«, erwiderte Juli mit einem eindeutigen Lächeln. August schüttelte lachend den Kopf.

»Du scheinst ja wieder gesund zu sein.«

Demonstrativ nickte Juli mit dem Kopf, hob ihren Arm und deutete auf ihren Bizeps. São Martinho war zwar nicht das Paradies, aber es war ein Ort voller Leben. Das war hier der Normalton, dachte Juli, die ein paar Minuten später im Essensraum stand, wo sich August mit Luis, dem Jungen von der Markthalle, auf Portugiesisch unterhielt. Akkurat deckte er dabei die Tische ein und bei Juli fügte sich ein Puzzleteil zu dem anderen. Allmählich bekam alles einen Sinn. August war jetzt Mauro. Er war ein Heimjunge. Hatte sie wirklich geglaubt, August würde ihr den beheizten Outdoorpool zeigen? Wie naiv war sie eigentlich? Sie kam sich vor wie alle drei Affen gleichzeitig: taub, stumm und blind.

»Hier, steck ein. Nicht schmecken, aber besser als kein«, sagte Luis. Mit einem Tablett stand er vor Juli und steckte ihr zwei Pasten zu. Auf dem Logo war die lächelnde Sardine von Mira Conservas Sardinhas zu sehen. Mit dem Ellenbogen stupste Juli August in die Seite, der mit einem schalen Lächeln reagierte.

»Sind von Arschloch, bei dem in férias warst«, sprach Luis leise weiter. Bei dem Wort »férias« hob er vielsagend die Augenbrauen. Juli wollte nachfragen, aber die drahtige Köchin rief Luis so laut herbei, dass Juli und August schnell die Flucht ergriffen.

Um das Jugendheim herum, das aus drei flachen Gebäuden, einer Werkstatt und einer kleinen Kirche bestand, war sonst nichts gebaut. Die Erde staubte vor Trockenheit, die Felder waren nicht bewirtschaftet. Vereinzelt standen Pinien herum, Tiere gab es kaum. Ein ausgetrocknetes Flussbett führte neben der ungeteerten Straße entlang, die direkt zum Jugendheim führte, das von einer zwei Meter hohen Mauer umgeben war. Im Schneidersitz saß Juli neben August auf dem Dach und genoss die Aussicht. Über die Dünen hinweg konnte man das Meer sehen. Und riechen. Sie nahm einen tiefen Atemzug. August saß dicht neben ihr, mit seinem Knie berührte er ihr Knie. Unter freiem Himmel wirkten seine Gesichtszüge wieder gelöster. Endlich konnten sie durchatmen. Beide. Verspult von zu viel Realität, die sie nach ihrer Reise eingeholt hatte.

»Was meinte der Junge denn mit ›férias‹?«, fragte sie August, den Blick in die Ferne gerichtet.

August hob ein paar Kiesel auf, schüttelte sie in der Hand und warf sie über den Rand des Aludachs.

»In den Ferien wir zu Familien gehen, die uns aufnehmen. Einer davon ist Ribeiro. Jeden Sommer ich bei ihm war, für ihn gearbeitet hab.«

»Und was hast du für ihn gemacht?«

»Auf seine Schiffe. Es ist harte Arbeit. Meistens nachts. Aber das niemand weiß. Er ist Geber von São Martinho, beliefert uns mit seine Sachen.«

»Geber?«

»Er schenkt uns die Pasteten. Dafür wir halten dicht.«

Sie schwiegen eine Weile und beobachteten ein paar Jungs, die hintereinander einen Fußball gegen das Werkstatttor schossen, das laut schepperte. Aus den Augenwinkeln blickte August zu Juli rüber, die nachdenklich mit dem Oberkörper wippte. Sie wollte auf keinen Fall etwas Falsches sagen, denn sie merkte, wie schwer August die Worte über die Lippen kamen.

»Und dann, was ist passiert? Erinnerst du dich wieder?«, fragte Juli schließlich. Es war die Frage, die sie, seit sie aus dem Fiebertraum aufgewacht war, ernsthaft beschäftigte.

»Es war wieder harte Arbeit. Überall Schiffe im Hafen lagen, auch die großen. Ribeiro … Ich hab ihm gedroht, alles auffliegen zu lassen … ihn an der Polizei zu verraten. Er hat nur gelacht. Niemand mir glauben würde, er hat gesagt. Und er dafür sorgen würde, dass ich nie hier Arbeit finden könnte, dann bin in der Nacht auf eine andere Schiff gestiegen, heimlich. Wollte nur weg. Ein Mann hat mich gefunden und ich habe mitgearbeitet. Sie fangen Bacalhau hoch im Norden, sind wochenlang unterwegs. Am Anfang war es gut, aber dann … ich weiß auch nicht … es gab eine große Streit … ich war allein an Deck, als eine große Sturm kam und mich über Bord gespült hat. Niemand nach mir gesucht.« Plötzlich versagte seine Stimme und er räusperte sich mehrmals. »Na … ja, Scheiße«, beendete er mit einem lauten Lacher seinen Halbsatz, doch es klang künstlich. So gut kannte Juli ihn schon. Sie drehte die Sardinenpaste in ihren Händen und bei dem Anblick des Verfallsdatums blieb ihr regelrecht die Spucke weg. Ein Hustenanfall schüttelte sie. Das Datum war längst abgelaufen. Ribeiro belieferte das São Martinho mit abgelaufenen Produkten und gab sich dabei als großzügiger Wohltäter aus, wie pervers war das denn? August klopfte ihr auf den Rücken.

»Alles klar mit dich?«

»Yep. Es ist nur unfassbar …«, murmelte sie leise und hielt ihm die Sardinenpaste entgegen. »Mai 2020!«

August nickte bestätigend. »Ribeiro ist Arschloch.« Er nahm ihr die Dose aus der Hand und warf sie in hohem Bogen das Dach hinunter, wo sie in einem Mimosenbusch neben Julis Eltern landete, die von einer Gassirunde mit Milchreis zurückkamen. Sie waren so sehr in ein Gespräch mit einem Mann vertieft, dass sie von dem Geraschel nichts mitbekommen hatten. Nur Milchreis kläffte das unschuldige Gebüsch an.

Bäuchlings legten sich Juli und August an den Rand des Daches, um das Gespräch der drei zu belauschen, die unterhalb des Haupteingangs stehen geblieben waren. Den Mann hatte Juli noch nie zuvor gesehen. Er hatte ein gütiges Gesicht, mit einem spitzen, vorgestreckten Kinn. Seine Glatze war mit einem sportlichen Käppi bedeckt, dazu trug er eine weiße Hose und ein weißes Hemd. Er war der Chef. Oder besser Pater Don Manuel, der Verantwortliche für die Jugendlichen und das Haus, wie ihr August flüsternd erklärte.

»Und was ist mit Mauros Eltern?«, wollte Helene wissen, die den Pater interessiert ansah. Ihre Augen hatten dabei einen hellen Glanz, und sie sah aus wie ein Mädchen, das ein Interview für eine Schülerzeitung führte.

Der Pater kraulte Milchreis, der an einem Ast herumkaute, hinter den Ohren.

»Er wurde als Säugling vor unsere Tür gelegt, ohne irgendetwas, nur mit einer Kette. Vermutlich schafften es die Eltern einfach nicht. Normalerweise nehmen wir erst Jungs ab sechs Jahren, Mauro war eine Ausnahme.«

Hans atmete schwer aus. Er blickte verlegen auf den Boden, während Helene Milchreis den angeknabberten Stock aus dem Maul zog und ihn in Richtung Kirche warf.

»Und wer hat ihm seinen Namen gegeben?«

»Ich weiß es nicht mehr.«

»Wie traurig.«

»Man kann auch ohne Wurzeln in die Höhe wachsen. Glauben Sie mir: Jeder Mensch auf Erden hat seine Aufgabe.«

Hans und Helene seufzten gleichzeitig. Eine Glocke ertönte aus dem Gebäude, drei dumpfe Schläge. Juli drehte den Kopf zu August, dessen Gesicht in seinen Händen vergraben war.

»Mauro wird nächstes Jahr achtzehn. Das denke ich jedenfalls, da wir sein genaues Geburtsdatum ja nicht wissen. Dann steht ihm die Welt offen. All unsere Jungen finden einen Platz und Mauro ist etwas Besonderes. Er hat viele Talente. Er repariert hier alle Autos und er ist mein bester Organist!«, sagte Pater Don Manuel mit einem milden Lächeln auf den Lippen. »Hunger?«

Milchreis antwortete mit einem eindeutigen Bellen, und Juli hörte das herzhafte Lachen ihres Vaters, bevor die Tür ins Schloss fiel.

Augusts leises Weinen riss Juli aus ihrem dunkelblauen Tiefkühlgefühl. Sein Wimmern berührte sie mehr als alles andere in der Welt und sie strich über seinen warmen Unterarm. Plötzlich wusste Juli, was sie mit dem Jungen aus dem Meer verband. So banal der Moment war, so wahr war ihre Erkenntnis: Sie waren beide schwarze Löcher. August hatte keine Eltern mehr und Juli hatte ihre Schwester verloren. Das wurde ihr langsam klar. Nach der magischen Begegnung mit Mira in den Tiefen des Meeres war die Hoffnung verschwunden. Das veränderte alles. Zwar nicht äußerlich, aber in Juli. Und Augusts Leben war genauso hoffnungslos. Sie zeigten sich gegenseitig ihre Einsamkeit. Die Einsamkeit des Anderssein. Sie waren zwei Außenseiter auf der Suche nach Genesung für Wunden, die die Zeit niemals heilen würde. Aber vielleicht ein anderer Mensch? Waren sie sich deshalb begegnet?, fragte sie sich, während sie die Sonne bei ihrem Sinkflug beobachtete.

»Wer so lange im kalten Wasser überlebt, der muss einen starken Willen haben. Das ist schon ein Wunder«, murmelte Juli eindringlich, und das war es, was sie wirklich dachte. Augusts Verhältnisse waren schwierig, aber er war da. Hier mit ihr. Auf dem Dach. Das war die Hauptsache. Eine lange Pause entstand.

Einundzwanzig, zweiundzwanzig, dreiundzwanzig. Sekunden, die zu Stunden werden. Ewigkeitssekunden.

Und dann plötzlich drehte August seinen Kopf und blickte Juli mit feuchten Augen und einem windschiefen Grinsen an.

»Du meinst, in jede Scheiße brennt ein Licht?«, wandte er ein, und Juli musste unwillkürlich lachen. August schaffte es immer wieder, sie zu überraschen. »Du bist echt … du«, fügte er hinzu. Ein frischer Wind wehte vom Meer zu ihnen herüber und Augusts und Julis Haut war mit Gänsehaut übersät. Es war seltsam. Aber Juli war unglücklich und glücklich zugleich. Für die Nähe zwischen ihnen gab es kein Wort. Und auch, wenn Juli morgen abreisen würde, so wusste sie, dass sie August wiedersehen würde. Irgendwo, wo es einfacher sein würde. Er würde immer ein Teil in ihrem Leben bleiben. So viel stand fest. Ein neuer Teil in ihrem neuen Leben.

Tääääätääääääää! Es hupte bereits zum zweiten Mal.

»Ich komme gleich«, rief Juli ihren Eltern genervt zu, die ungeduldig im Mietauto warteten. August trat neben ihr von einem Fuß auf den anderen, beide waren sprachlos von der letzten Nacht, die nur ihnen gehört hatte. Ein unsichtbares Band lag zwischen ihnen, kleine Momente und große Momente, die nur sie miteinander geteilt hatten. Zusammen hatten sie dieses violett leuchtende Gefühl kennengelernt, das überall ein Kribbeln verursachte und das keinen Abschied kannte.

»Die nerven«, sagte Juli leise zu August und deutete mit einem Kopfnicken zu dem wartenden Wagen ihrer Eltern.

»Besser als ohne«, entgegnete August knapp, und Juli blinzelte ihn irritiert an, als er sie ohne Vorwarnung am Arm fasste und ein Stück weiter hinter die Säule schob. Dann musste sie über seinen Plan lächeln, denn sie standen genau im toten Winkel, sodass Hans und Helene sie nicht mehr sehen konnten.

»Kannst du nicht mitkommen?«

»Ich dich besuchen komm, versprochen. Wenn ich achtzehn bin.«

»Und wann ist das?«

»Auf jeden Fall nächste Jahr. Such dir eine Tag aus.«

»Dann nehme ich den ersten Januar.«

»Find ich gut.«

»Wie soll ich dich denn jetzt eigentlich nennen?«

»Wie du willst.«

»Norbert?«

August gluckste lachend auf und Juli stimmte mit ein. Sie waren eine Einheit. Dann atmete August tief aus. Blickte sie an. Unendlich lange. Weich und friedlich. Und auch ein bisschen traurig. Er zog die Unterlippe ein, knabberte darauf herum. Strich mit seinem Finger Julis Arm entlang.

»Es gibt jetzt übrigens jemanden, der dich vermisst«, schaffte es Juli endlich, über ihre Lippen zu bringen. So viel sie fühlte, so wenige Worte hatte sie manchmal dafür.

»Ja!?«, lautete seine Antwort, die mehr wie eine Frage klang.

»Ja«, bestätigte sie mit ruhiger Stimme.

Augusts Augenlider zuckten, und noch während er schniefte, drückte sich Juli an ihn, an seinen Mund, und spürte die Wärme seines Körpers, der sich anfühlte wie ihr eigener. August hielt sie fest. Seine Arme um sie geschlungen wie schützende Äste. Sie verschmolzen zu einem Blutkreislauf, und wenn Hans nicht schon wieder gehupt hätte, dann wären sie noch Stunden so verharrt. In Zeitlupe löste sich Juli aus der Umarmung. Schwer wie Blei. Es gab über eine Million Dinge, die sie August gerne noch gesagt hätte, aber der Abschiedsschmerz lähmte sie. Wie immer. Manche Sachen hatten sich nicht verändert.

»Dank dir ich kann mich wenigstens wieder an meine erste Kuss erinnern!«, rief ihr August hinterher. Juli versuchte zu lächeln, wenngleich alles in ihr schrie. Wie sollte sie ohne ihren neu gewonnenen Freund klarkommen? Der erste Mensch, dem Juli sich nach Miras Verschwinden wieder anvertraut hatte? Rückwärts und August nicht aus den Augen lassend, ging sie zum Auto, wo ihre ungeduldigen Eltern sie erwarteten. Stumm stieg sie auf die Rückbank zu Milchreis, schmiegte sich an sein sandiges Fell. August hob die Hand zu einem letzten Gruß, ein Augenblick für immer. Juli schaute aus dem Heckfenster und winkte noch, als August längst hinter dem Gittertor verschwunden war.

Starkregen. Wolken waren aufgezogen, und obwohl sie erst seit einer halben Stunde Richtung Flughafen unterwegs waren, fühlte es sich schon an, als wäre August Tausende Kilometer weit weg. Alles war anders. Das Wetter, Julis Begleitung und diese seltsame Sprachlosigkeit im Auto, die nicht aus einer stillen Übereinkunft, sondern aus seiner Beklemmung kam. Bisher hatte niemand ein Wort gesprochen. Juli hatte ihr Gesicht in Milchreis' Fell vergraben, Hans lenkte konzentriert den Wagen über die rutschige Fahrbahn und Helene saß mit verschränkten Armen neben ihm. Senkrecht auf ihrer Stirn hatte sich eine nachdenkliche Falte gebildet.

»Halt mal an«, sagte Helene in die bedrückende Stille, und Hans sah sie erstaunt an.

»Äh, wir sind auf der Autobahn«, ermahnte er seine Frau mit hochgezogenen Augenbrauen. War das ein Scherz?

»Jetzt halt an«, wiederholte Helene so bestimmend, dass Hans ohne weitere Widerrede auf den Seitenstreifen ausscherte, um den Wagen abzubremsen. Es war wenig Verkehr, sodass er ungehindert dort parken konnte. Helene stieg aus dem noch in Schrittgeschwindigkeit fahrenden Auto, mitten hinein in den Regen. Verwundert blickte Juli über Milchreis' Fell hinweg ihren Vater an, der ratlos mit den Schultern zuckte. Der Regen plätscherte laut auf den Asphalt und Helene wich vor einem dicht vorbeifahrenden Lkw zurück, öffnete die Hintertür und verfrachtete einen jaulenden Milchreis nach vorne auf den Beifahrersitz. Dann zog sie ihren Kopf ein und setzte sich zu Juli auf die Rückbank. In der kurzen Zeit war sie pitschnass geworden. Ihre Haare tropften, ihr dünner mauvefarbener Sommermantel tropfte, selbst an ihren Wimpern hingen Tropfen. Sie wischte sich die nassen Haare aus der Stirn, rückte an Juli heran, die sie mit großen Augen ansah.

»Es tut mir so leid. Ich weiß auch nicht … ich will dich nicht kontrollieren, es war mein Fehler, meine Gefühle zu unterdrücken und so zu tun, als ob alles normal weitergeht, ich konnte nicht … es ist nur so …«, sagte sie mit zitternder Stimme, »… noch einen Verlust verkrafte ich einfach nicht.« Dabei strich sie Juli so liebevoll über die Wange, dass Juli Tränen in die Augen stiegen. Völlig unerwartet. Die Zärtlichkeit und die Echtheit ihrer Mutter überraschten sie. Seit Miras Verschwinden hatte sich Helene ihr nie wieder angenähert, sie war wie versteinert gewesen. So wie Juli.

»Mama«, krächzte Juli, die erst in dem Moment merkte, wie sehr sie ihre Mutter vermisst hatte. Nicht nur in den letzten Wochen, sondern in den letzten drei Jahren. Sie legte den Kopf in den Schoß ihrer ebenso weinenden Mutter. Helene würde Juli nie verstehen. Aber sie liebte ihre Tochter. Mehr als alles andere auf der Welt. Das spürte Juli, die den gesamten Heimweg weinte. Selbst noch im Flugzeug. Alles wurde herausgespült. Ein Meer aus Tränen. Mira. August. Die Vergangenheit. Die Hoffnung. Der Schmerz. Was blieb, war nur dieses überwältigende und heilende Gefühl der Liebe.

15. FESTLAND

Nebelsehen. So nannte man es, wenn sich auf der Netzhaut ein dünner Schleier gebildet hatte. Und das war es, wie Juli die Welt wahrnahm, seit sie zurück war auf Sylt. Ihr Leben war unscharf. Ihr Haus, der Rosengarten, Milchreis' Hundenapf. Und das Sonderbarste war: Alles war auch irgendwie kleiner. Als wäre in der Zwischenzeit, während sie weg gewesen war, alles geschrumpft. Selbst das Waschbecken kam ihr niedriger vor. Die Reise mit August hatte sie verändert, sie war gewachsen. Wie eine Hose, in der man plötzlich Hochwasser hat. Sie war zwar noch Juli, aber irgendwie anders. Das bemerkten auch Hans und Helene, die Julis Kellerversteck extra für sie wieder hergerichtet hatten. Ihr geliebtes Etagenbett mit dem Blümchenvorhang hatte in der Zimmerecke gestanden, als wäre es nie kaputt gewesen. Brett für Brett hatten ihre Eltern es wieder zusammengenagelt, hatten ihre Tatortwand rekonstruiert und sämtliche Sachen von Mira wieder hergebracht. Vor Rührung war Juli zwischen ihren Eltern auf den Kellerboden gesunken, nicht wissend, ob sie wach war oder träumte. Sie befand sich im Nebel. Erschlagen von zu vielen Gefühlen gleichzeitig. Das Scharfstellen ihrer Pupillen wollte ihr nicht gelingen. Erst als sie am Abend den Strand entlangschlenderte, entspannten sich ihre Augen wieder.

Das Wasser glitzerte violett, ohne Quatsch. Das hatte nichts mit ihrem Nebelsehen zu tun. Das Meer war lila. Davon war Juli felsenfest überzeugt. Vielleicht lag es an dem Schimmer der Wolken oder an der Restsonne, die zwar untergegangen, aber noch spürbar war. Juli wusste es nicht und es war auch egal. Sie genoss den warmen Sand unter ihren Füßen und das Alleinsein. Gedankenvoll tappte sie in die ausgetretenen Spuren, die Touristen hinterlassen hatten. Noch am selben Tag hatte sie ihren Eltern gesagt, dass sie gerne in ihr neues Zimmer im zweiten Stock ziehen würde, und Helene hatte sie angesehen, als wäre sie vom Blitz getroffen worden. Bis jetzt wusste Juli nicht, ob ihre Mutter geschockt oder erfreut gewesen war.

Traurige Menschen gehen langsamer, dachte Juli, die an der Stelle angekommen war, wo sie August aus dem Wasser gefischt hatte. Die letzten Meter war sie im Schneckentempo gegangen. Endlich konnte sie ihre Gefühle zulassen, alle Farben. Ohne davonzurennen. Eine Qualle schwappte ans Ufer und wieder zurück, und Juli setzte sich in den Sand, hielt ihre Füße in das lauwarme Wasser. Behutsam zog sie mit beiden Händen ihr Tagebuch aus dem Rucksack. Helene hatte geschworen, nichts gelesen zu haben, und Juli hatte ihr geglaubt, völlig sprachlos von der Zuwendung ihrer Eltern, ihrer bedingungslosen Liebe. Sie wischte über den Buchrücken, über die eingebundenen Ränder und schlug die erste Seite auf. *Liebe Mira* stand dort, und bevor Juli weiterlesen konnte, umspülte sie eine Welle, nässte ihre Jeans bis auf die Unterhose. Lachend sprang Juli auf, klappte das Buch zu und legte es auf ein kleines Holzfloß, das sie gebastelt hatte. Sie ging in die Hocke, setzte zwei Teelichter auf den Buchdeckel und schirmte den leichten Sommerwind mit einer Hand ab, um die Kerzen anzuzünden. Sie benötigte drei Anläufe. Dann endlich brannten die Lichter und

Juli übergab alles dem Meer. Sie wusste noch nicht, wie es weitergehen würde und was sie in Zukunft wollte. Im Moment wollte sie einfach nur am Wasser sitzen bleiben. Als es dunkler wurde, setzte sie sich die Stirnlampe auf, die August ihr vor der Abreise zugesteckt hatte, und begann, in ein neues Büchlein mit einem roten Einband zu schreiben. So viel war in den letzten Tagen passiert, dass sie gar nicht wusste, wo sie anfangen sollte.

Lieber August, begann sie ihren Brief und schrieb dann einfach drauflos, in dem Wissen, dass am anderen Ende der Welt, irgendwo am Strand, ein Junge mit zwei Namen sitzen würde, der ihr zuhören und zurückschreiben würde:

Liebe Juli …

DANKSAGUNG

Mein Dank gilt meinen Eltern Mathilde und Philipp Henn, für ihre unendliche Liebe und die Freiheit, werden zu dürfen, wer ich bin. Und meiner Schwester Alexandra Hellwig für ihren unschlagbaren Humor und ihr Verständnis. Jeden Tag weiß ich dieses Glück zu schätzen.

Ich danke zudem meinen Freunden, die mich während des Romans begleitet haben. Margot Bröckelt für die unzähligen Mittagessen und Zwillingsgespräche; Dr. Nike Arnstadt für ihre Ermutigung; besonders meiner Freundin Ines Straubinger, für ihr geniales Einfühlungsvermögen und ihre Zugewandtheit, und Martin Kosok, der keinen Zweifel kennt und während des Schreibprozesses im Geiste an meiner Seite war. Danke!

Ich danke Angela Gilges für die Anfänge und Elena Hell für ihr genaues dramaturgisches Auge und die Sardinenfabrik. Ich danke meinem Literaturagenten Dr. Martin Brinkmann und seiner Gefährtin Christine Lederer für die Verbindlichkeit und das feine Gespür für Geschichten. Ihr seid ein kleiner Hafen für mich. Ich danke meiner Lektorin Hanna Schneidawind für ihre Direktheit und ihre Behutsamkeit. Eine seltene Mischung. Durch sie kam die Geschichte erst ins Schwingen.

Mein Dank gilt zudem Cara Berg und Madita Hofmann für ihre Unterstützung auf der Zielgeraden.

Danke auch dem Magellanverlag für sein Vertrauen in die leeren Seiten.

Ich danke Valter Jesus Lopes für sein Dasein, sein tiefes Verständnis für den kreativen Prozess und sein Zuhören in Hoch- und Tiefzeiten.

Und ich danke Alma, meinem Herz.

© Edith Billigmann

Kristina Magdalena Henn wurde 1977 in Trier geboren. An der Filmhochschule München studierte sie Fernsehpublizistik und Dokumentarfilm, dem folgte ein Stipendium an der Drehbuchwerkstatt München. Sie ist die Autorin und Schöpferin der erfolgreichen Ostwind-Reihe. Sie lebt mit ihrer Familie in München und Portugal.

Natürlich **magellan**®

FSC
www.fsc.org

MIX

Papier | Fördert
gute Waldnutzung

FSC® C083411

Wir pflanzen Bäume
Für unsere Umwelt

www.magellanverlag.de

Hergestellt in Deutschland
CO_2-Ersparnis durch kurze Lieferwege
Gedruckt auf FSC®-zertifiziertem Papier
Lösungsmittelfreier Klebstoff
Drucklack auf Wasserbasis
Farben auf Pflanzenölbasis

Weitere Infos gibt es hier:

www.magellanverlag.de/natürlich

1. Auflage 2023
© 2023 Magellan GmbH & Co. KG, 96052 Bamberg
Alle Rechte vorbehalten
Text: Kristina Magdalena Henn
Illustration: Valter Lopes
Umschlaggestaltung: Christian Keller
unter der Verwendung einer Illustration von Valter Lopes
Druck: CPI, Leck
ISBN 978-3-7348-5072-1

www.magellanverlag.de